ULTIME PREUVE D'AMOUR

Michel Canesi et Jamil Rahmani sont tous les deux médecins. Leur premier roman, *Le Syndrome de Lazare*, a été adapté au cinéma par André Téchiné, sous le titre *Les Témoins*. Ils sont également les auteurs de plusieurs romans, dont *Alger sans Mozart* et *Villa Taylor*.

Paru au Livre de Poche :

VILLA TAYLOR

CANESI & RAHMANI

Ultime preuve d'amour

ÉDITIONS ANNE CARRIÈRE

ISBN : 978-2-253-07858-6 – 1re publication LGF

À Sam

Et quand nos regrets viendront danser
Autour de nous, nous rendre fous
Seras-tu là ?

Pour nos souvenirs et nos amours
Inoubliables, inconsolables
Seras-tu là ?

Pourras-tu suivre là où je vais ?

Michel BERGER, *Seras-tu là*

1962

Pierre

Aujourd'hui, notre Algérie est morte !

Le 19 mars 1962, mon père a balancé cette phrase, un mauvais sourire aux lèvres, et j'ai haï ce sourire. Il trahissait sa bonne conscience, ses idées généreuses d'homme de gauche, son odieux combat pour l'indépendance d'une terre où cinq générations d'hommes et de femmes venus d'Europe avaient vécu, heureux ou malheureux mais tous ensorcelés.

Les aubes translucides, les nuits étouffantes où les parfums affolent les sens, les bonheurs simples écrasés de lumière avaient insidieusement enraciné nos pieds noirs.

Le cessez-le-feu réjouissait mon père, il me désespérait.

J'étais plus déterminé que jamais à me battre contre cette ignominie.

Vite, il fallait faire vite si nous voulions sauver l'Algérie.

La nuit tombe, il fait doux, une à une les lumières du port s'allument. Alger est si paisible, l'émail de ses bâtisses s'éteint dans la pénombre, des reflets changeants teintent au loin une mer opaque cerclée de terre.

Soudain, des bruits de casseroles frappées comme des tambours :

« Al-gé-rie fran-çaise ! Al-gé-rie fran-çaise ! »

Hier, l'OAS a piraté une émission de télévision, interrompu le relais de Paris et demandé à tous les pieds-noirs d'organiser ce soir un gigantesque concert de casseroles.

On tape et tape encore, la rage et le désespoir au bout de nos louches, de nos cuillères, de nos spatules, sur tous les récipients disponibles, marmites, poêles, casseroles, lessiveuses. Nous sommes chez Alain, un copain du quatrième étage. Huit exaltés prêts à tout pour sauver ce pays que de Gaulle vient de brader. Alger s'enflamme et les pieds-noirs scandent à l'unisson sur leurs balcons : « Al-gé-rie fran-çaise ! »

Dans les rues, les klaxons en écho : « Al-gé-rie fran-çaise ! »

La ville vibre au son du slogan mille fois répété.

Le vieux général ne sait pas ce qui l'attend.

Nous ne te laisserons pas faire, nous serons les plus forts !

Un million de pieds-noirs déterminés contre un planqué, dont le seul fait d'armes fut un appel radiophonique.

Nous avons payé le prix de la sueur et du sang, pas toi. Nos ancêtres ont construit un pays magnifique que les terroristes du FLN, à coups de massacres et d'attentats, veulent nous arracher.

Jamais !

« Al-gé-rie fran-çaise ! Al-gé-rie fran-çaise ! »

J'avais huit ans quand les événements ont commencé. Tout cela semblait lointain, confiné au bled, cette portion exotique de territoire où nous n'allions jamais. Notre vie à Alger était douce, une mer inlassablement bleue baignait nos jours. L'hiver, dès les premières neiges sur l'Atlas, nous skiions à Chréa et, aux premières chaleurs, plongions à Moretti, Surcouf ou Palm Beach dans une Méditerranée encore fraîche.

Les premiers attentats du FLN à Alger nous sonnèrent : la guerre était bien présente et la peur remplaça l'insouciance heureuse.

Frappe, Luc, frappe en mémoire de Guy !

Nous étions en CM2, c'était notre premier jour d'école après les vacances de Noël. Le maître, M. Girouin, fit l'appel. Au nom de Guy Couturier, sa voix trembla, il attendit quelques secondes, espérant peut-être une réponse, puis passa au suivant.

Peu de temps après, une dame en noir entra en compagnie du directeur, elle salua l'instituteur puis, soulevant sa voilette de tulle, se tourna vers nous :

— Je suis la grand-mère de Guy, je viens vous dire adieu à sa place. Il n'a pas pu venir, il est parti pour un long voyage. Il vous aimait tous beaucoup, il vous regrette… Que Dieu vous protège !

Nous ne comprîmes pas tout de suite, nous pensâmes que son père militaire avait été muté. Nous apprîmes plus tard que des fellaghas l'avaient assassiné avec ses parents, près de Palestro.

Ce fut notre première rencontre avec la mort.

Frappe, Luc, frappe en mémoire de Guy, que son sacrifice n'ait pas été inutile !

Il cogne si violemment la poêle tenue à bout de bras qu'il tord le manche de la louche en aluminium. Demain, en classe, il la brandira comme un trophée, signe incontestable de son engagement pour l'Algérie française.

Dérisoire trophée d'une cause déjà perdue.

En quelques mois Massu remporta la bataille d'Alger et l'ordre fut rétabli. La vie reprit son cours tranquille mais nous comprîmes bientôt la véritable signification du fameux « Je vous ai compris ». Le général de brigade à la retraite, le « sauveur » de la France, nous avait bernés. Une seule réponse à cette imposture :

« Al-gé-rie fran-çaise ! »

Frappe, Benoît, frappe encore, que les *patos*[1] comprennent que ce pays nous appartient et que nous le défendrons jusqu'au bout.

Il y a quelques semaines, le prof d'histoire-géo nous a présenté en secret un membre de l'OAS, un gars génial. Bientôt, j'aurai ma première mission. Vincent travaille à l'hôtel Aletti où mon parrain est directeur. Quand il a su que je cherchais un endroit pour passer un après-midi avec la fille que j'aime depuis toujours, il m'a proposé une des chambres du palace.

1. Français de métropole.

— Trop risqué, ai-je dit, je pourrais croiser mon parrain.

— T'inquiète pas, on choisira un jour où il est absent et personne ne lui dira rien… L'OAS veille !

Inès

Deux heures, nous n'avions que deux heures pour bouleverser nos vies.

Je courais et mes ballerines effleuraient le sol. Il avait dit 14 heures dans le hall de l'hôtel et il était moins le quart. J'avais quitté la maison à moins vingt, je ne pouvais pas plus tôt, cela aurait éveillé les soupçons. Nos sorties étaient minutées, vingt minutes pour aller au lycée et vingt minutes pour en revenir, pas une de plus. Tout retard était matière à réprimandes. La prof d'anglais était malade et mes parents n'en savaient rien, j'avais deux heures à nous. Dans l'air léger d'avril, je volais vers lui.

J'ai dévalé la rue La Fayette, traversé le boulevard Saint-Saëns, manqué de me faire renverser par une 404, son long klaxon exaspéré m'a poursuivie dans les escaliers sombres et raides de la rue Drouillet qui descendent rue Michelet. J'étais en nage, mais vite, encore plus vite. En nage, mais heureuse. Deux heures avec lui et, rien qu'à l'idée, une bombe déchirait ma poitrine. Je ne voulais pas imaginer ces heures à venir. Surtout pas. J'allais être avec lui longtemps, presque une éternité, et cela seul comptait.

Moins dix, rue Michelet, la pâtisserie Tilburg, en face sa rivale La Princière et, sur la devanture de porcelaine, le saint-bernard paresseux des chocolats Suchard, un tonnelet salvateur autour du cou. Le ciel était étonnamment bleu, lavé par les pluies de la veille. De la parfumerie Cabessa, des fragrances fugaces s'échappaient. Je ne m'étais pas parfumée, cela aurait intrigué.

Maquillée en cachette dans la salle de bains, je m'étais précipitée dans la cage d'escalier pour ne pas être surprise par ma mère et traitée de *guezana* – diseuse de bonne aventure –, ou pire encore.

J'avais glissé dans mon cartable de lycéenne un flacon d'eau de rose et du coton hydrophile pour me démaquiller avant de rentrer à la maison.

Aussi loin que mes souvenirs me portent, j'ai toujours aimé Pierre – et, ce que j'ignorais encore, aussi loin que mes souvenirs me porteraient.

C'était mon voisin de palier, il habitait avec sa famille, au dixième étage du Foyer universitaire algérois, un grand immeuble sans grâce sur le boulevard du Télemly, face à la somptueuse baie, tout près de l'Institution Sainte-Élisabeth.

Au jardin d'enfants du parc Mont-Riant, nous étions inséparables. Je regardais, lovée contre lui, les films de Charlot qu'on nous projetait parfois. J'avais une tendresse particulière pour *The Kid*. Je rêvais d'être l'enfant, j'aurais été adoptée par Pierre et, pour le remercier, aurais brisé des vitres qu'il aurait aussitôt remplacées. Nous aurions vécu ainsi, au jour le jour, dans les rues d'Alger écrasées de soleil qui dévalent vers la mer, et il m'aurait nourrie de lait au bec d'une vieille théière suspendue à un lustre.

Il mettait son bras sur mes épaules et je sentais sa peau au parfum de savon. J'adorais les siestes, nous nous endormions face à face, allongés sur des lits voisins.

Nos mères nous accompagnaient chaque jour et nous attendaient chaque soir à l'ombre des grands arbres du parc, parfois l'une, parfois l'autre.

L'école fut ma première peine de cœur : on nous sépara à cinq ans. Enfants d'instituteurs, nous fûmes acceptés une année plus tôt à la communale. J'étais à l'école de filles de la rue Daguerre et lui à celle des garçons, distante d'à peine deux cents mètres. Si loin, comme le serait plus tard la rive nord de cette infranchissable Méditerranée.

Je cours – une folle, doivent penser les passants –, je quitte la rue Michelet pour le boulevard Baudin, j'évite mon lycée, le lycée Delacroix où grand-père, professeur d'arabe, pourrait me croiser.

Je cours, il est deux heures ; dix minutes de retard, mon cœur est à genoux. Cours, Inès, cours, il y a urgence, urgence amoureuse, c'est peut-être la dernière fois, et ces dix minutes volées à cette rencontre tu ne les revivras plus.

Je n'ai jamais eu de sentiment si violent, ni pour mon père, ni pour ma mère, ni pour mes sœurs ou mon frère. Je ne pense qu'à Pierre, à ces moments où, dans l'ascenseur, il m'embrasse à m'étouffer. Il m'abandonne toujours au neuvième étage, pour que nul ne nous voie, que je reprenne mon souffle et que les muscles de mon ventre cessent de s'agiter.

La Grande Poste surgit avec son drapeau tricolore, ses coupoles blanches sur le bleu du ciel d'Alger, elle est si belle – un symbole : l'Algérie et la France unies dans un rêve de pierre, comme une fusion de leur ADN.

Vite, Inès, vite. Urgence amoureuse.

Je suis exaltée par cet extravagant rendez-vous et désespérée par le futur à venir. Notre amour est impossible et, même s'il était possible, comment survivrait-il au cataclysme qui s'annonce ?

L'Histoire avance, implacable. L'Algérie va être indépendante.

Enfin !

Il y a quelques semaines, le cessez-le-feu a été signé, ouvrant la voie au référendum d'autodétermination. En attendant, l'OAS frappe et mes parents ne pensent qu'à partir, ils ne savent pas encore où, Constantine, Bougie ou la France. Mon père est menacé. Seuls musulmans dans notre immeuble, nous sommes en danger. Nos voisins sont bienveillants, mais pour combien de temps encore ?

La haine monte de jour en jour.

Le cessez-le-feu a enflammé les braises : la violence est partout, tout autour de nous et en moi.

L'idée de ne plus voir Pierre, de ne plus être à deux mètres de lui la nuit, de ne plus toquer au mur qui me sépare de sa chambre, de ne plus entendre les deux coups en réponse qui signifient *Je t'aime* me torture.

Jamais je n'avais franchi le seuil de l'hôtel Aletti. C'était une caverne d'Ali Baba interdite, réservée aux colons, aux riches, aux puissants de ce monde, à tout ce que nous n'étions pas. Jusqu'à son interdiction en avril 1961, *L'Écho d'Alger*, le journal favori de Pierre, informait ses lecteurs des mondanités dans ce qu'on appelait « la ville dans la ville ». Des photos de femmes couvertes de bijoux, emmitouflées dans des fourrures hors de prix, faisaient la une des chroniques mondaines. La petite *indigène* arrivée au seuil de l'imposante bâtisse des années trente eut un mouvement de recul. Quelle idée Pierre avait-il eue ! Me convier dans ce temple de la France coloniale inauguré en 1930 lors des fêtes du centenaire de la prise d'Alger avait quelque chose d'insultant. Depuis deux ans, nous nous disputions régulièrement sur l'avenir de l'Algérie, de la colonisation, de la place des uns et des autres dans ce qu'il appelait sa France d'Afrique.

Que signifiait-il par ce choix ?

Probablement rien, il offrait juste un bel écrin au bijou que j'allais lui offrir.

Quand j'étais petite fille, du boulevard du front de mer, cette rue de Rivoli où la Méditerranée remplace les Tuileries, j'admirais les arcades et les immenses baies vitrées de l'hôtel en verre bleuté. J'imaginais des femmes splendides aux bras d'hommes richissimes avançant à pas lents dans la salle à manger, en une symphonie de parfums aux noms magiques : Cuir de Russie, Vol de nuit, L'Heure bleue. Un orchestre, disait-on, divertissait les clients.

Je pensais alors qu'un jour j'entrerais moi aussi au bras d'un homme que j'aimerais et qui m'aimerait dans cette salle à manger aux lustres démesurés.

Je n'imaginais pas qu'à seize ans, ruisselante de sueur, mon petit cartable de cuir noir à la main, une modeste robe vichy rose achetée au Monoprix de la rue Michelet – le premier pourvu d'escaliers mécaniques où nous jouions, mes sœurs et moi, montant et descendant les marches d'acier en nous esclaffant –, j'entrerais dans ce symbole du luxe et de l'arrogance pour commettre ce que les femmes de mon pays appellent une abomination.

Après la fouille, me voici dans le hall, gauche et timide. Je cherche Pierre d'un regard circulaire. Éblouie par l'éclatante lumière d'Alger, j'ai du mal à distinguer dans la quasi-pénombre. Hommes et femmes me dévisagent, interrogateurs. Une si jeune fille dans un palace ! Je me sens presque nue dans ma petite robe, ridicule avec mon cartable plein de cahiers et de livres, mes seules richesses.

Un groom très jeune, presque mon âge, me fixe, étonné. Son teint est clair, ses cheveux roux, il est sûrement kabyle. Papa affirme que tous ceux qui travaillent dans les hôtels ou la restauration sont originaires de Kabylie. Il est vêtu de rouge, des boutons dorés donnent une élégance aristocratique à son uniforme, des boucles rousses s'échappent d'une toque écarlate impeccablement posée sur sa tête. Je pense à Spirou, ce héros de bande dessinée dont les aventures font les délices de mon petit frère.

Pierre, mais où est Pierre ?

Ces hommes affalés sur des fauteuils de cuir noir, dont certains écrivent très vite sur des calepins, ces femmes enveloppées de fourrure et de parfum, exhalant nonchalamment la fumée de leur fume-cigarette nacré, me paniquent. Les boiseries sombres dont le hall est lambrissé ajoutent à mon désarroi, ce luxe inhabituel me terrifie. Je me sens perdue et m'apprête à fuir quand, soudain, quatre musiciens se mettent à jouer. Une musique irréelle et splendide emplit l'espace, j'apprendrai des années plus tard qu'elle est de Telemann.

Elle enflammerait à nouveau ma vie.

Je vois pour la première fois des artistes à l'œuvre. Les deux flûtistes, le violoniste et le claveciniste m'enchantent et mes peurs s'évanouissent.

Une main se pose sur mon épaule, Pierre est là, il sourit et m'entraîne vers les deux ascenseurs à la ferronnerie Art déco.

Il ordonne au groom :

— Troisième étage !

Un couple se précipite dans la cabine en riant, une jeune femme très maquillée, robe moulante, poitrine provocante, et un homme d'une cinquantaine d'années. Elle se presse contre lui sans retenue. L'idée d'être comparée à cette fille m'est insupportable.

Le liftier actionne le levier de manœuvre et nous voilà en route. La mention *Otis-Pifre Paris* sur le variateur rond attire mon attention ; seul *Otis* est inscrit sur notre ascenseur du Télemly. Le nom composé serait-il réservé aux cabines de luxe ?

Durant la lente ascension, le groom ne me quitte pas des yeux, il est surpris comme tous ceux croisés dans le hall mais je n'en ai que faire, j'ai tellement espéré cet instant que le prix à payer m'importe peu, je suis prête à assumer toute la vindicte du monde.

Son regard est insistant, je n'ai pas l'allure des filles qui montent à l'étage, encore moins celle de ma voisine couverte de fond de teint qui pouffe sans arrêt. Il fronce les sourcils. Ce n'est pas possible, pense-t-il, que vient-elle faire ? Il ne peut imaginer l'attente, les années de désir inassouvi, les nuits de frustration et un amour prêt à tout.

La cabine s'arrête, en léger décalage avec le palier. Il saisit mon bras et me met en garde avec de pauvres mots :

— Pardon, mademoiselle, j'ai fait une marche, faites attention en descendant, elle est *traître*… Vous allez tomber…

— Ne vous inquiétez pas, je serai très prudente… Je sais ce que je fais.

— Vous êtes sûre ? chuchota-t-il.

La passion se fout de la prudence, pensai-je alors.

Pierre était près de moi, nous allions faire l'amour et cela seul comptait.

J'étais au bord de l'abîme et prête à m'y jeter.

La chambre était envahie de lumière, des fenêtres on voyait le port, la mer, de grands bateaux et de petits voiliers qui couraient sur l'eau.

De cette heure et demie avec Pierre, j'ai un souvenir bleu, miroitant. Il illumine ma vie et, aux heures les plus sombres de mon existence, il me suffit de retourner vers ce passé pour me retrouver.

J'ai ouvert la fenêtre et, du petit balcon ovale, contemplé mon deuxième amour, Alger, les montagnes un peu lourdes qui festonnent l'horizon, le Palais consulaire, l'Amirauté et la jetée nord. Du boulevard et du port montaient des bruits, les battements du cœur de ma ville. Comme il battait, le mien, à sentir le souffle de Pierre sur ma nuque, à sentir ses lèvres et ses mains sur ma peau !

Je me suis tournée vers lui, y avait-il de la détresse dans mon regard ?

Y avait-il, en cet après-midi d'avril 1962, la certitude de l'amour éternel, l'espoir d'une vie entière à ses côtés ?

Je ne sais plus, les aléas de la vie, tels des prismes maléfiques, ont déformé mes souvenirs. L'Histoire se joue de la liberté des êtres, elle se moque de leurs étreintes et de leurs espoirs.

Il a passé un doigt sur mes lèvres, ses yeux en pleine lumière étaient encore plus clairs, un bleu transparent pailleté d'or. J'ai caressé ses cheveux courts et blonds et il a parlé :

— Je ne sais pas où nous allons, Inès, je ne sais pas ce que sera demain, je sais seulement que je t'aime, que j'aime cette terre et que je ferai tout pour y vivre avec toi.

Je n'ai pas cru en ses paroles.

Je savais qu'il m'aimait, mais il n'avait aucune idée du précipice qui séparait nos deux communautés.

Même si, par miracle, la paix revenait ; même si, par un extraordinaire hasard, nous tirions un trait sur les horreurs commises par les uns et les autres, jamais ma famille ni la sienne ne toléreraient un mariage contre nature.

Pierre s'engageait en faisant l'amour, moi je ponctuais des années de désir et de passion. Je voulais Pierre désespérément. Il me fallait cet éclair final qui déchire un ciel d'orage et le libère de ses larmes. Le terme était proche, j'en avais le pressentiment, et pourtant, la vie sans lui était inconcevable.

Je l'ai embrassé avec toute la violence de mon désespoir, je voulais la fusion, je voulais la mort dans ses bras. Il a été surpris. Il m'a allongée doucement sur le lit aux draps immaculés et m'a déshabillée lentement, comme s'il voulait tempérer ma fougue et déguster l'instant.

Je pensai au groom, aux boutons dorés à fleur de lys de son uniforme flamboyant ; il était l'archange Gabriel mais son annonciation n'avait rien de divin.

Pierre n'imaginait pas le cadeau que je lui faisais. Ce lys, cette virginité portée au pinacle par les musulmanes, j'allais le lui offrir au mépris de tous les risques, de toutes les conséquences. Il avait choisi un bel écrin mais le bijou que je lui offrais était inestimable.

Pour lui, j'étais une petite Française comme une autre, incapable qu'il était de m'imaginer différente. Il ne savait pas que, une fois franchis les faubourgs d'Alger, je n'étais plus la petite lycéenne de Delacroix que les garçons du lycée Gauthier venaient draguer après les cours, mais une Arabo-Berbère à la famille bardée d'islam et de principes.

Pour moi, seul comptait ce moment ; je n'avais qu'une certitude : je voulais Pierre avant de le perdre.

Et j'ai contenu mon désir pour mieux le vivre, j'ai déboutonné sa chemise à carreaux, bouton après bouton, et vu apparaître sa peau très blanche et glabre, ses grains de beauté, l'aréole de ses seins, son nombril et juste au-dessous les poils qui annoncent le pubis.

Il a dégagé mes seins du soutien-gorge acheté aux Galeries de France la veille, pour l'occasion, en dentelle beige avec un petit ruban rose entre les deux balconnets, et il les a embrassés avec délicatesse. J'ai résisté en vain aux contractions de mon ventre qui chaque fois qu'il me serre me font perdre le contrôle.

Il s'est allongé sur moi et j'ai défait sa ceinture.

La désespérance et le bonheur mêlés, je l'ai senti en moi, une douleur fulgurante, j'ai crié et, aussitôt après, la joie de ne faire qu'un, la fusion effacèrent la souffrance. Il m'étreignait, par nos bouches collées nos respirations étaient à l'unisson et mon corps emprisonnait le sien.

À chacune de nos embrassades furtives dans l'ascenseur du Télemly, quand le plaisir montait puis me submergeait, je peinais à imaginer ce que serait une véritable étreinte tant, déjà, les sensations étaient intenses.

Ce fut un brasier. Tel un fer rouge, il marqua ma chair à jamais. Une heure et demie d'amour, de temps suspendu, d'éternité volée à la destinée.

J'ignorais alors que je n'oublierais jamais l'odeur d'iode et de cordages. Portée par le vent, elle s'engouffrait dans la chambre par la fenêtre entrebâillée. J'ignorais alors que je n'oublierais jamais le parfum de sa sueur ni le ballet des rideaux de mousseline gonflés de désir par la brise.

Et, après l'ultime jouissance, quand nos corps se séparèrent, il dit en m'embrassant doucement, alors que les martinets piaillaient, inlassables, dans l'air tiède d'avril :

— Je t'aime, Inès, et je t'aimerai au-delà de toujours…

En dépit du temps passé, de tous les bonheurs, de tous les malheurs, l'émotion réveillée par ces mots est intacte et, depuis, nulle autre parole ne m'a jamais plus troublée.

Je compris ce jour-là que la violence du bonheur est à la mesure de la souffrance qu'il engendre.

Quand nous quittâmes la chambre, je jetai un dernier regard à la fenêtre qu'il avait refermée, les rideaux apaisés tamisaient le ciel et la mer. Leurs bleus impitoyables bouchaient l'horizon. Ils seraient là, pensai-je, jusqu'à la fin des temps, à l'inverse de nous. Et ce moment si fort, cette heure et demie d'abandon étaient déjà du passé.

Sur les draps, je vis une tache de sang très rouge, dérisoire vestige de ma virginité. Je voulus l'effacer mais Pierre agrippa mon poignet et dit :

— Laisse, ce n'est pas grave…

Quand nous entrâmes dans l'ascenseur, le groom était triste, les yeux baissés, le visage fermé, comme un ange déchu. Durant toute la descente, il m'évita. À peine sortie de la cabine, j'aperçus mon grand-père dans le hall ; il discutait avec un groupe d'hommes et de femmes, probablement dans l'attente d'une conférence. Je m'arrêtai net, paralysée. S'il me voyait, j'étais perdue.

— Pars, dis-je à Pierre, grand-père est là… il ne faut pas qu'il nous voie.

Je fis demi-tour et implorai le groom :

— S'il vous plaît, mon grand-père est ici, je ne dois pas le croiser. Y a-t-il une autre sortie ?

Sans un mot, il me guida jusqu'à l'entrée de service. Quand, sur le seuil, dans l'étourdissante lumière d'Alger, je le remerciai, il haussa les épaules et parla enfin :

— Je suis votre complice et ça ne me plaît pas du tout…

— Pourquoi ?

— Ce que vous avez fait est très mal.

— Et j'ai fait quoi à ton avis ?

Il grommela quelques mots d'arabe pour marquer sa profonde désapprobation, ne se doutant pas que j'étais musulmane comme lui :

— *Bismi Allah ar-rahmane ar-rahim...*

Au nom de Dieu clément et miséricordieux...

— Tu veux vraiment savoir ?

Il tourna les talons et je criai alors qu'il s'éloignait, sachant pertinemment qu'il ne comprendrait pas :

— Une transgression...

J'ajoutai encore :

— Aucune de tes marches ne me fera jamais tomber !

Sur le trottoir d'en face, le cinéma Le Triomphe étalait les affiches et les photos de *Babette s'en va-t-en guerre*, un film avec Francis Blanche et Brigitte Bardot.

Le visage de BB, symbole mondial de la femme libérée, me réconforta, je me sentis moins seule. J'étais elle, dans ma robe vichy. Elle en avait lancé la mode le jour de son mariage et, comme elle dans *Paris-Match* et *Jours de France*, je me sentis somptueusement belle. Alors que je m'étais enfuie un peu honteuse par une porte dérobée, le destin me faisait un clin d'œil. J'étais libre et triomphante dans ma petite robe rose à carreaux.

Cette liberté que j'avais décidé d'arracher, qu'allais-je bien pouvoir en faire ?

Je marchai cinquante mètres et m'arrêtai sous une arche soutenue par deux superbes colonnes corinthiennes en pierre dorée. Quelques semaines plus tôt, je les avais découvertes avec Pierre, une date sur un chapiteau indiquait l'année de leur construction : 1881.

Il avait déclaré pompeusement tout en m'embrassant :

— C'est notre arc de triomphe, je suis le roi d'Alger et toi, tu es ma princesse.

J'eus soudain froid dans cet après-midi si doux.

J'avançai comme une somnambule dans l'air cristallin d'Alger, je n'étais plus portée par rien. Pierre me manquait déjà et ce manque était cuisant. À la certitude d'une séparation imminente s'ajoutait l'atroce brûlure du désir qui, à peine assouvi, renaissait, plus vif encore.

J'appris plus tard, lors de mes études de médecine, quand le professeur de pharmacologie, au chapitre douleur, s'attarda sur les pavots rouge intense ondulant sous les vents d'Afghanistan – ces coquelicots qui répondent au nom étrange de *Papaver somniferum* – que ce mal-être ressenti à seize ans portait un nom : *addiction*.

Je montai vers le Télemly lentement, plus rien ne me pressait désormais, pas même la certitude de remontrances si, d'aventure, j'étais en retard. Je voulais savourer ma ville et ses façades haussmanniennes, sa beauté brutale sous le soleil, ses arbres qui, par centaines, couvraient les collines.

Me revinrent avec insistance quelques vers d'un poème d'Aragon, tristes et limpides :

Mon bel amour, mon cher amour, ma déchirure
Je te porte dans moi comme un oiseau blessé
Et ceux-là sans savoir nous regardent passer (...)
Il n'y a pas d'amour heureux.

Ils reflétaient avec exactitude mon humeur en cette fin d'après-midi.

Il faisait si beau, mon désarroi était une insulte.

Qu'avais-je voulu ? Clore un amour d'enfant ou me lier à jamais ?

Je croisai une femme très fardée, son parfum lourd m'enveloppa quelques secondes puis s'évanouit, laissant place à une brise tiède teintée de viennoiseries. La Parisienne, une des plus fameuses pâtisseries d'Alger, était proche.

Les événements de la vie sont une succession de senteurs, elles surgissent, enchantent ou attristent, puis meurent très vite, laissant place à la nostalgie, aux regrets. Elles renaissent parfois mais blessent toujours.

Rue Michelet, j'empruntai le souterrain des Facultés qui rejoint le boulevard Saint-Saëns. Je m'arrêtai face à une machine qui, pour vingt centimes, révélait l'avenir. Je glissai une pièce, posai les deux mains sur un cylindre de métal ouvragé, fixai le magicien d'acier chamarré au chapeau pointu qui, les yeux vides, officiait derrière une plaque de verre. Des lumières clignotèrent, la barre de cuivre vibra et un carton imprimé sortit bruyamment d'une fente :

Des changements sont en vue.
Si vous savez saisir les occasions qui s'offrent à vous,
de grands bonheurs seront au rendez-vous.
Soyez perspicace, ne laissez pas passer la chance !

Pierre

Voyager vers l'enfance, rechercher le temps d'avant, fouiller sa mémoire et se perdre en une douloureuse errance sur des chemins ponctués de noir, de nuit, d'oubli…

Et voilà le premier souvenir, brumeux, aux couleurs floues comme une aquarelle malhabile, et pourtant si puissant, la caméra hésite, elle peine à mettre au point. Il est là, enfin, l'enfant blond aux cheveux ondulés, il fixe de ses yeux bleus, immenses, l'objectif qui le scrute d'un futur lointain. Il est assis sur une couverture marron barrée de lignes claires, une couverture militaire, rapportée du front par son père en 1943, de la campagne de Tunisie. Il joue sur la terrasse de l'appartement d'Alger où réside sa famille, boulevard Charles Lutaud, dans l'école du même nom, tout près du Foyer civique, au Champ de Manœuvres. Il y a peu de jouets sur cette couverture, ses parents ne sont pas riches, son père est instituteur, sa mère femme au foyer.

Il agite un agneau de caoutchouc peint, aux yeux noirs, au corps blanc et aux lèvres très rouges. Peut-être couinait-il quand on pressait son ventre ? Il ne se souvient plus. Entre ses jambes, un ourson borgne, il a toujours en mémoire son parfum de paille et, quand il l'embrassait, le contact rugueux, presque sensuel, du tissu jaune délavé. La terrasse est inondée de soleil, il cligne des yeux ; ce doit être le printemps, il est vêtu d'une barboteuse de tissu clair, bras et pieds nus. Des nuages pommelés impriment le ciel, ils n'annoncent pas la pluie, ils sont le décor rassurant des premières années.

Midi. On l'installe sur une chaise d'enfant, il pleure, il n'aime pas manger, il déteste la viande mal cuite découpée en petits dés qu'on s'acharne à lui servir, il a le sang et le rouge en horreur, il fait mine de mâcher, stocke la viande entre ses joues et ses dents puis la crache sous la table, profitant de l'absence de sa mère.

Nouveau plan. Le décor a changé, il est sur un balcon face à la mer ; au travers du grillage protecteur posé sur la balustrade, il voit le port et ses bateaux, le ciel et ses oiseaux qui crient dans l'azur, il voudrait être grand pour s'accouder sur le béton et posséder cette ville gigantesque qui s'étale à ses pieds. Il ne distingue que des bouts d'immeubles, des fenêtres, des fragments de verdure et des morceaux de bleu. Ce n'est plus le Champ de Manœuvres mais le Télemly, sa famille a déménagé, son père a contracté un emprunt pour acheter à crédit cet appartement de quatre pièces qui, du dixième étage, surplombe la baie d'Alger. La vue est spectaculaire et, quand l'enfant est dans les bras de sa mère, il est effrayé par tant d'immensité.

Il est si petit, si vulnérable, il se cramponne et ferme les yeux pour occulter le danger.

Le voilà encore sur sa chaise ; sa cousine, élève infirmière, est près de lui, on disait d'elle qu'elle était belle comme Marilyn Monroe, elle est blonde, d'une blondeur surnaturelle. Sa voix suraiguë, méchante, lui fait peur, elle l'exhorte à manger, sinon, menace-t-elle, il aura une piqûre. Terrorisé à la vue de la seringue de verre opaque et des aiguilles posées près de son assiette, il se force à avaler cette viande sanguinolente qui le dégoûte. Manger-piqûre, ces deux mots resteront longtemps associés, ils ne divorceront que plus tard, à l'adolescence, quand la nourriture sera devenue plaisir.

Il ne sait pas encore que le Champ de Manœuvres était le lieu d'exercice de l'armée ottomane puis de l'armée française, il ignore tout de l'histoire de sa terre natale. Il apprendra un jour que « Télemly », ce nom si français avec son Y final, est en fait berbère : *Tala Oumlil*, la « source blanche ». Il ne se pose pas de questions et les femmes voilées de blanc qui devisent sur les bancs publics lui semblent familières, tout comme les hommes très bruns, mal vêtus, qu'il croise dans les rues d'Alger. On l'élève en français : ses parents pieds-noirs, bien que nés en Algérie, ne parlent ni l'arabe ni le berbère. Baya, la petite bonne, s'exprime en kabyle quand ils sont seuls, il apprendra cette langue grâce à elle, il l'oubliera quand elle retournera au bled pour se marier. Elle était brune,

une longue natte noire descendait jusqu'à sa taille. La jeune fille était fière de ses origines, elle ne supportait pas le mépris colonial et, quand la concierge de l'école Charles-Lutaud la surnommait Fatma, elle rétorquait :

— Oui, Marie.

— Je ne m'appelle pas Marie, s'agaçait Mme Anjumet.

— Je ne m'appelle pas Fatma non plus…

Le premier souvenir que je peux dater est précis comme une photographie : je suis rue des Colons, au Champ de Manœuvres, dans l'appartement en rez-de-chaussée d'une cousine germaine de ma mère, celle dont elle est la plus proche. Elle vient d'accoucher, son bébé est dans un berceau de bois foncé. L'appartement est sombre et pourtant l'image est d'une exceptionnelle clarté, je vois le couple souriant penché sur une petite fille qui pleure. À ce souvenir s'en agrègent d'autres, plus tardifs : des jeux sur la terrasse de leur immeuble, le tonneau de porcelaine et ses six tasses posés sur une commode, la table d'architecte d'Émile dans le séjour, la cuisine longue comme un couloir.

Le jeu de la mémoire mêle plusieurs images d'un même lieu, sans souci de chronologie, polluant, si l'on n'y prend garde, le souvenir originel. Il peut même associer deux lieux différents. Souvent, à l'appartement de la rue des Colons se superpose celui d'un oncle à Aurillac, aussi sombre, avec la même cuisine tout en longueur.

Peu de temps après notre arrivée dans l'immeuble du Télemly, des voisins s'installèrent sur le même palier. Il y avait parmi eux une petite fille de mon âge aux grands yeux verts.

Inès.

Nous passions nos après-midi au jardin d'enfants du parc Mont-Riant ; il était niché dans un très beau jardin planté de pins, de bananiers, de palmiers, de ficus et même de cèdres. Bien évidemment, dans ma petite enfance, j'ignorais tout de la botanique. Il y avait des arbres, certes, mais je n'ai su les nommer que bien plus tard.

Nous faisions la sieste. À la maison, je détestais cela, c'était une punition, mais au jardin d'enfants j'attendais ce moment avec impatience, nous étions allongés sur de petits lits blancs dans une salle aux murs beiges caressés par un soleil tendre, tamisé. Une lumière douce, caramel, baignait la pièce, je regardais Inès et nous nous endormions main dans la main. Au réveil, les puéricultrices nous distribuaient des tranches de gros pain et du chocolat de ménage, noir, très sucré, peut-être du chocolat Kohler, les grains de sucre craquaient sous la dent ; nous buvions de l'antésite fraîche puis sortions jouer dans le parc.

Parfois on nous projetait un film, Inès se blottissait contre moi et posait la tête sur mon épaule. Je ne me souviens que d'un, *Charlot et le Masseur*, il m'en reste quelques images : un gros monsieur torturant un client sur une table de massage, Charlot fluet et facétieux tentant d'échapper au tortionnaire. J'entends encore nos rires. Ce fut ma première rencontre avec le cinéma.

Je découvris aussi le théâtre. Avant les vacances d'été, un spectacle avait été monté avec les enfants, *Bon voyage, Monsieur Dumollet*, j'étais Monsieur Dumollet, on m'avait habillé en Basque : béret, chemise blanche, gilet et pantalon noir. Des photos en témoignent.

J'ai toujours en tête la comptine :

Bon voyage Monsieur Dumollet
À Saint-Malo débarquez sans naufrage
Bon voyage Monsieur Dumollet
Et revenez si le pays vous plaît...

Inès était mon épouse, elle agitait un mouchoir blanc.

Je ne sais si mes souvenirs s'inspirent des clichés des années cinquante ou des événements eux-mêmes. Tout se mélange. Cet épisode en convoque un autre, enfoui, oublié. Il reprend corps, tire sa substance de la mémoire et non de l'album photographique familial.

Une rivière de papier crépon bleu clair serpente dans la cour du jardin d'enfants. Couvert d'une fourrure noire, je suis le loup et j'interpelle Inès, travestie en agneau :

Qui te rend si hardi de troubler mon breuvage ?

Et quand, affamé, je bondis sur elle, ses yeux faussement effrayés me dévorent.

Cet après-midi d'avril, quand nous avons fait l'amour, elle avait ce même regard.

Mohand

Drôle de métier que le mien… Toute la journée, je fais monter ou descendre des hommes et des femmes. Je devine un peu leur vie, mais eux ne me voient pas. Mon habit rouge est comme une armure, il me dissimule, je suis camouflé en permanence.

Les uniformes ne servent qu'à gommer ceux qui les portent, les rendre transparents, inexistants. Le mien est le plus futile des déguisements, je dirais même qu'il est dérisoire.

Les militaires portent un fusil, ils peuvent s'en servir et tuer de façon anonyme. Ils sont utiles à leur pays, ils le défendent. Ils se ressemblent tous et ça leur enlève tout sentiment de culpabilité. Les tenues de combat ont sûrement été inventées pour ça.

Moi, je ne fais qu'actionner la manette de mon ascenseur. Les clients m'ignorent. Je perçois leurs désirs ou leurs soucis, mais ils ne s'en rendent pas compte. Mon habit rutilant attire l'attention, le tissu rouge et les boutons dorés distraient les gens. Ils m'oublient, mais je vois et je sens beaucoup de choses.

Par exemple, ce jeune homme, le filleul du patron, et cette fille… Ils n'ont pas vu que je flairais tout. Ils m'ont jeté leur amour en pleine figure et ça m'a fait mal. J'avais envie de les dénoncer, ils étaient si jeunes, mais je n'ai pas osé. Monsieur Paul, le parrain du garçon, risquait de mal le prendre, il aurait pu me virer.

Qu'allaient-ils faire d'autre que l'amour ?

J'ai vu beaucoup de choses dans mon métier, mais cette fois, je ne sais pas pourquoi, je n'arrive pas à les oublier. Quand je suis rentré le soir dans ma petite chambre de Belcourt, près de Sidi M'Hamed, ils m'ont accompagné. Et chaque nuit, ça recommence, je pense à eux.

Il faut que je comprenne pourquoi.

Peut-être vont-ils m'apprendre quelque chose sur moi ?

Mais je ne sais pas encore quoi…

Dès que j'entends Édith Piaf chanter à la radio *Les Amants d'un jour*, je les revois dans mon ascenseur.

Inès

Quand la nuit tomba, comme tous les soirs, j'ouvris la fenêtre de ma chambre et sortis sur le petit balcon attenant. Les néons blafards des lampadaires éclairèrent d'un coup les rues de la ville, l'air était si transparent que je distinguais sans peine les montagnes de l'Atlas et, au-delà, celles du Djurdjura encore enneigées. Le phare du Cap Matifou, de l'autre côté de la baie, entama sa ronde rassurante, les martinets cessèrent la leur, quelques étoiles apparurent et, comme tous les soirs, ayant pris soin de fermer la porte de ma chambre pour ne pas être entendue, j'appelai Pierre.

Il tarda à répondre. Déçue, je m'apprêtais à rentrer quand j'entendis un bruit de manivelle, un rideau grincer et sa fenêtre s'entrebâiller. Je reculai. Ne me voyant pas, il murmura :

— Inès ? Inès ?

Il s'était parfumé, comme à son habitude, je savourai les légères senteurs de bergamote qui me parvenaient par bribes. Je l'avais prié de ne pas le faire avant notre rencontre à l'Aletti de peur que ma mère, à l'odorat surdéveloppé, n'en trouve trace sur ma peau.

Il haussa le ton :

— Inès !

Je m'avançai doucement sans le regarder, les yeux aimantés par le port, ses bateaux miroitants et la masse sombre de la mer parsemée de flaques irisées.

Il chuchota :

— Je t'aime…

Je me tournai vers ses yeux clairs, vers son visage si pâle et ses lèvres si rouges. Si j'avais pu, je me serais hissée sur le parapet pour le rejoindre. J'avais envie de lui, encore plus qu'avant, et ce mètre et demi de béton qui nous séparait était une torture. Je tendis la main, il tendit la sienne et nos doigts s'effleurèrent au-dessus du vide.

Je ne pouvais pas parler. Si j'avais répondu « Je t'aime aussi », j'aurais pleuré, je ne voulais pas, je ne supportais pas les larmes. Yasmine, ma sœur aînée, déversait des océans à la moindre occasion et cela m'exaspérait.

— Que fais-tu demain ? demandai-je enfin d'une voix faussement assurée.

Il eut un léger mouvement de recul.

— Rien de particulier, pourquoi ?

— Je voulais juste savoir.

— Enfin, le lycée, comme toujours. Et toi ?

— Ma grand-mère arrive de Bougie, j'irai peut-être l'attendre à la gare avec mon père.

— À quelle heure ?

— Midi et demi.

— N'y va pas, je serai là… on pourra parler.

— Tu ne peux jamais d'habitude.

— Je n'ai cours que l'après-midi… J'ai constamment envie de te voir, de te sentir, de te toucher, et depuis aujourd'hui encore plus… Sois là demain, s'il te plaît… Sois là surtout.

Ma mère entra dans ma chambre sans prendre la peine de frapper. Nous n'avions rien à lui cacher, du moins le pensait-elle.

J'eus à peine le temps de sourire à Pierre.

Et ce fut la dernière fois.

Ce mardi 10 avril 1962, en remontant du lycée sous la pluie, rue La Fayette, je vis sur la porte d'acier de l'annexe de la faculté de droit, installée au sous-sol de notre immeuble, une inscription en lettres noires : *L'OAS tue, à bon entendeur salut !*

Deux traits de peinture barraient la plaque *Faculté de droit*. Depuis plusieurs mois, l'OAS, une organisation d'extrême droite qui militait pour l'Algérie française, barbouillait les murs d'inscriptions diverses : *OAS veille*, *OAS vaincra*, *OAS frappe où elle veut quand elle veut*, *La France restera*…

Certains jours, la ville se réveillait, couverte des drapeaux noirs de l'organisation frappés des trois lettres blanches.

La tension était à son comble : quotidiennement, des bombes explosaient, des hommes et des femmes étaient abattus par les commandos Delta de l'armée secrète. Rue Michelet, sur le trottoir, une semaine auparavant, j'avais vu le cadavre d'un homme sous un drap taché de sang.

Un mois plus tôt, dans la nuit du 4 au 5 mars, qualifiée de « bleue » par l'OAS, nous avions été réveillés à 4 heures du matin par des explosions, plus d'une centaine en deux heures. Les commerces musulmans à la périphérie des quartiers européens, quelques-uns du centre-ville, avaient été plastiqués. Terrorisés, nous nous étions réfugiés au fond de l'appartement, le plus loin possible de la porte d'entrée. Pensant que le souffle serait amorti en cas de déflagration, mon père avait posé contre elle d'immenses ballots de laine achetés la veille à un colon de la Mitidja pour refaire nos matelas. S'ils avaient brûlé, nous serions morts asphyxiés.

Nous écoutions Europe 1, grâce au transistor Radiola de papa. Nous entendions les explosions en écho, les rafales d'armes automatiques, les commentaires des journalistes et ma mère, livide, récitait des versets du Coran.

Le 15 mars 1962, l'OAS avait assassiné à Alger six inspecteurs de l'Éducation nationale. Le lendemain, mon père, directeur d'école à la Bouzaréah, dans la banlieue d'Alger, craignant pour notre vie et la sienne, décida de nous emmener à Bougie, espérant que sa sœur et son mari accepteraient de nous héberger un mois ou deux, le temps que la situation s'amende. Nous revînmes à Alger quelques jours plus tard, papa avait prétexté une convocation de son inspecteur d'académie. Il m'avoua des années après le refus de son beau-frère de nous accueillir plus longtemps.

J'arrivai chez moi à 12 h 20 et, après avoir embrassé ma mère, allai sur le balcon de ma chambre. Il faisait sombre et gris, les nuages buvaient toute la lumière, Alger était blafarde. Une ouate effilochée nimbait les collines alentour, le ronronnement de la ville montait et j'avais le spleen. J'appelai Pierre plusieurs fois mais il ne répondit pas. Cela ne lui ressemblait pas ; quand nous nous donnions rendez-vous, il était d'une ponctualité absolue.

Soudain, une angoisse : et si j'étais enceinte ?

Je me raisonnai, nous avions fait l'amour peu avant mes règles et j'avais pratiqué deux toilettes intimes, une immédiatement après l'acte et l'autre à la maison grâce au dispositif utilisé par maman qui permettait, à l'aide d'un tuyau en caoutchouc raccordé à un réservoir d'eau, un lavage en profondeur.

À Bougie, j'avais interrogé ma cousine sage-femme sur les moyens de contraception les plus sûrs. Attention, avait-elle dit, il y a malgré tout un risque, aucune méthode n'est fiable à cent pour cent. Elle avait énuméré toutes les recettes, de la plus efficace à la plus aléatoire, puis ajouté, prenant un air sévère :

— Mais pourquoi me poses-tu toutes ces questions ? Tu n'as quand même pas l'intention de commencer à seize ans ?

Je l'avais rassurée, je ne faisais que m'informer…

— Pierre !

Aucune réponse.

Lors du déjeuner, je ne mangeai presque rien. Ma mère s'inquiéta :

— Tu es malade ?

— Non, non, juste un peu barbouillée…

Je retournai dans ma chambre, et toujours aucune réponse de Pierre à mes appels.

J'aidais maman à ranger la cuisine quand une énorme explosion fit trembler l'immeuble. Je criai :

— Papa !

C'était l'heure à laquelle il aurait dû arriver de la gare avec ma grand-mère.

Je me précipitai dans la cage d'escalier, la mère de Pierre était sur le seuil de son appartement, défaite.

— Que se passe-t-il ? Que se passe-t-il ? demanda maman en pleurant.

— Une bombe…

— Mon mari, mon mari ! sanglota ma mère.

Je vis Pierre apparaître dans l'escalier, tremblant, le pantalon déchiré.

— Où étais-tu ? dis-je.

— Pas d'inquiétude, il n'y a pas de victimes…

— Papa…

— Je t'ai dit qu'il n'y avait pas de victimes.

— Mais où étais-tu ? hurlai-je.

Il ne répondit pas, entra chez lui, entraînant sa mère par le bras, et ferma la porte sans me regarder.

Mon père, Yasmine et ma grand-mère, arrivés en voiture de la gare peu après l'explosion, furent épargnés. Ils durent monter les dix étages à pied, chargés de bagages et de paquets, car l'ascenseur avait été bloqué par la déflagration.

Après avoir déjeuné, ma grand-mère rentra en taxi chez elle, au Champ de Manœuvres.

Mes parents décidèrent l'après-midi même de partir pour Constantine, chez ma tante maternelle et son mari, directeur d'école primaire comme papa. Nous passâmes une bonne partie de la nuit, comme avant chaque voyage, à remplir des valises et des cabas, à protéger les meubles de draps. Je trouvais cette habitude sinistre, les tables, les chaises et les canapés ressemblaient à des cadavres couverts de linceuls.

Mes deux sœurs et mon frère étaient heureux de partir.

Pas moi.

Yasmine, étudiante en première année de médecine, ne quittait quasiment plus la maison depuis que trois de ses camarades de promo, activistes d'extrême droite, avaient menacé de lui faire la peau si elle osait encore venir à la fac. Karim adorait les voyages et Malika, bonne nature, s'accommodait de tout.

Je ne cessais de penser à Pierre, à son attitude. Il savait ce qui se tramait puisqu'il m'avait donné rendez-vous sur le balcon un peu avant l'attentat. Il avait voulu me protéger mais s'était bien gardé de m'en dire plus, prenant le risque que des membres de ma famille soient blessés ou tués.

Cela, je ne pouvais l'admettre ; j'errai dans l'appartement, dévastée.

M'aimait-il vraiment ?

Pourquoi avait-il gardé le silence ? La vie de mon père était-elle sans importance ?

Ma famille n'avait-elle aucune valeur ?

Des vies d'Arabes...

Quand, vers minuit, il gratta selon notre code « Je t'aime » avec son ongle sur le mur mitoyen puis toqua les trois syllabes de « Mon amour » avec son poing, je ne répondis rien.

Je pensai alors qu'il frappait « Algérie française », les nuits de concerts de casseroles, comme il toquait ou grattait « Je t'aime », et que son amour pour moi était le prolongement de cette Algérie fantasmée où ma famille n'avait plus sa place.

Pierre

Comment oublier le 11 avril 1962 ?

Le lendemain du plasticage de l'annexe de la faculté de droit d'Alger, Georges, un policier ami de la famille, débarqua chez nous très tôt. Il s'enferma dans le séjour avec mes parents. Quand il partit, mon père vint dans ma chambre, me tendit une valise et m'ordonna d'y jeter quelques affaires.

— Si je trouve une place d'avion, tu pars cet après-midi pour Paris.

— Pourquoi ?

Il ne me répondit pas, je ne lui avais jamais vu un regard si dur.

Quelques minutes plus tard, j'entendis claquer la porte d'entrée. Lorsqu'il revint, voyant que mon bagage n'était pas encore fait, il s'impatienta :

— Dépêche-toi ! Je t'emmène à l'aéroport dans deux heures.

Dans la voiture, je pensai à Inès que je n'avais pu prévenir, à son désarroi, aux jours futurs sans elle. Je tournai la tête, fixai le bitume gris de la route moutonnière qui défilait et me mis à pleurer.

Mon père, concentré sur sa conduite, ne s'aperçut de rien.

Peu avant notre arrivée à Maison Blanche, il déclara froidement :

— Mon frère t'attendra à Orly, tu resteras chez lui le temps qu'il faudra... Jamais je n'aurais pu imaginer que mon fils puisse s'acoquiner avec ces salopards de l'OAS.

Quand je le quittai pour embarquer, il ne m'embrassa pas.

Mon oncle m'inscrivit en terminale au lycée Claude-Bernard dans le 16e arrondissement. Je garde de ce séjour à Paris un mauvais souvenir. Je trouvais la ville sombre ; la blancheur resplendissante d'Alger, son ciel inimitable et cette mer qui s'offrait à chaque instant me manquaient. Je me disputais souvent avec mes copains de classe, parfois j'en venais aux mains, je ne supportais pas d'être traité de petit colon ni qu'ils insultent l'OAS. Ils avaient une vision manichéenne du conflit et cela m'exaspérait. Je ne nouai aucune amitié et ne pensais qu'à une chose, passer mon bac. Je bossais comme un fou, cela m'évita de déprimer. Je fus reçu avec mention.

J'écrivis plusieurs lettres à Inès mais elles restèrent sans réponse. Je sus par Chantal, une amie commune, qu'elle avait quitté Alger avec sa famille le lendemain de l'attentat. Elle m'en voulait, j'en étais persuadé. J'espérais pouvoir bientôt retourner à Alger pour tout lui expliquer. Il était impensable que la France lâche l'Algérie. Il allait se passer quelque chose, l'armée allait se rebeller, de Gaulle serait viré ou assassiné et nous pourrions continuer à vivre sur notre terre.

L'armée ne se rebella pas et de Gaulle continua de sévir.

L'Algérie devint indépendante le 3 juillet 1962.

Serré contre ma tante, à Paris, je regardai sur un poste de télévision défiler des hommes, des femmes et leurs enfants ; ils brandissaient le drapeau vert et blanc frappé de l'étoile et du croissant, ils acclamaient l'indépendance, ils hurlaient leur haine du colonialisme et de la France, ils ne nous ressemblaient pas et je compris que mon Algérie était morte.

Inès

Le 11 avril 1962, nous partîmes très tôt pour Constantine, juste après le couvre-feu. Mes parents et mon petit frère étaient à l'avant de la 403 bleue, Yasmine, Malika et moi à l'arrière.

Je quittai ma ville aux murs couverts de graffitis avec un sentiment d'effroyable gâchis. Tout s'effondrait. L'OAS, aveuglément, détruisait ce que la France avait édifié et Pierre, complice, m'avait trahie. Soudain lucide, d'une lucidité glaciale, je détestai notre jeunesse. Elle m'avait irrésistiblement poussée dans les bras d'un garçon qui, par fougue irraisonnée, avait commis l'irréparable.

Que serait ma vie sans lui ?

Attisés par le manque de sommeil, les souvenirs affluaient, les goûters partagés au jardin d'enfants, les barres de chocolat Kohler qu'on nous distribuait et dont il se privait pour moi, la quête d'œufs et de lapins de Pâques dans les bosquets du parc Mont-Riant, le bonheur quand nous en découvrions un, les discussions, le soir, sur nos balcons, face à Alger la splendide et sa cascade d'immeubles blancs qui croulaient vers la mer.

Nous imaginions dans la pénombre les coupoles de la Grande Poste, de la préfecture, du Palais d'été et des Galeries de France, les maisons de la Casbah que nous n'avions jamais vue et le cimetière de Sidi Abderrahmane dont mon père vantait la beauté tranquille.

Au fil du temps, l'amertume et la crainte avaient imprégné les paroles de Pierre : l'Algérie devait rester française, nous aurions tous notre place, il n'était pas question de laisser cette terre aux égorgeurs du FLN, seule la France pouvait assurer l'ordre et la prospérité. Nous nous disputions de plus en plus souvent, je lui rappelais la violence de la colonisation, les crimes de l'armée française, les enfumades, la confiscation des terres, la dislocation de la société algérienne, la paupérisation. C'est du passé, rétorquait-il, bâtissons ensemble l'Algérie de demain et ce sera le plus beau pays du monde…

Un jour, alors qu'il avait été particulièrement véhément à l'égard de ces Arabes qui voulaient chasser les pieds-noirs, j'avais violemment fermé ma fenêtre, si fort que ma mère m'avait réprimandée.

Je disparus deux jours entiers. Pour se faire pardonner, il jeta sur mon balcon une boule de papier quadrillé. Quand je la défroissai, je découvris un petit texte. Il avait ajouté en bas de page : *J'espère que tu me comprendras…*

Je l'ai gardé et le relis parfois, il était prémonitoire :

Quand, enfant, pour gagner le port et la mer, j'empruntais les escaliers de faïence bleue aux arabesques compliquées du parc de Galland, j'imaginais que chaque marche était un temps de ma vie. Je franchis-

sais chacune d'elles avec lenteur et volupté, baigné de soleil, des bruits étouffés de la ville d'en bas, du parfum des jardins alentour, de la splendeur d'Alger aux blancs éclatés. La dernière marche enjambée, je me retournais et contemplais avec bonheur ce que je supposais être ma vie. Avec joie et bonheur, vraiment, car aucune ombre ne l'avait encore ternie, et aussi sans nostalgie.

La nostalgie serait pour plus tard à l'évocation de ce monde disparu.

Le voyage dura presque sept heures, fréquemment interrompu par les barrages de l'armée ou de la gendarmerie. Nous arrivâmes à Constantine en fin d'après-midi. L'école Arago était en pleine ville arabe, un entrelacs de ruelles sombres où de petites échoppes vendaient à peu près tout, aliments, épices, tissus, ferblanterie et ce fameux voile noir, la *m'laya*, porté par les Constantinoises en signe de deuil depuis la mort tragique de Salah Bey étranglé sur ordre du dey d'Alger au XVIIIe siècle.

Habituée aux espaces sans limites, j'eus le sentiment d'entrer au Carmel. Nous habitions au sein de l'école et avions pour seul panorama la cour et les hauts murs qui la ceignaient. Alger, ses fines arabesques, ses coupoles, ses pastels, ses collines bleues et sa baie en cercle parfait étaient loin.

Lors des trois mois passés à Constantine, je ressentis une solitude douloureuse. Je traversai ce trimestre comme un fantôme tourné vers sa vie passée, errant de pièce en pièce pour tromper l'ennui et le manque. Ce monde n'était pas le mien. Le foulard qu'il fallait porter dès que nous sortions m'insupportait ; ma mère, atteinte de soudaine bigoterie, priait cinq fois par jour comme sa sœur, les conversations étaient émaillées de formules religieuses… Je découvrais l'Algérie profonde, une Algérie étrangère, celle qui prendrait sa revanche dès juillet. Nous n'avions pas été éduquées, mes sœurs et moi, pour le futur qui se profilait, et cette plongée dans la tradition me désorientait. Yasmine et Malika s'en accommodaient, elles étaient heureuses de ces longues vacances imposées. Elles n'avaient pas de peine de cœur et passaient leurs journées à papoter avec les instituteurs ou mes cousines.

L'école vide, elles organisaient des jeux dans la cour pour le plus grand bonheur de mon frère et des enfants adoptifs de Mme Lombardi, la concierge. Ballon prisonnier, cache-cache, tu-l'as…

J'écrivais à Pierre des lettres que je n'envoyais pas.

Il devait retrouver ma trace !

Mais comment aurait-il pu ? Nous n'avions prévenu personne de notre départ, hormis Mlle Raignier, notre voisine du bâtiment C, à qui maman avait laissé les clés de chez nous, sans l'informer de notre destination ni de la durée de notre absence. Elle avait pour mission d'arroser les plantes et d'aérer de temps à autre l'appartement.

La peur d'être enceinte m'obsédait, je ne présentais aucun de ces signes de grossesse appelés à tort sympathiques, mais l'angoisse ne me quittait pas. Et quand enfin survinrent mes règles, à la terreur succéda le désespoir. Il ne me resterait plus rien de Pierre, aucun enfant ne viendrait témoigner de notre amour dans les rues d'Alger.

Je me décidai alors à poster ces dizaines de pages à l'écriture serrée qui criaient ma passion et ma solitude.

Était-il malheureux ?

S'il m'avait vraiment aimée, il m'aurait retrouvée.

Plus les jours passaient et moins j'avais espoir de le revoir. L'exil des pieds-noirs avait commencé, le bled et les grandes villes se vidaient. M. Charavel, l'instituteur de Karim à Alger, écrivait chaque semaine à papa, il était triste de voir les effectifs de sa classe fondre jour après jour.

Courant mai, je me résolus à appeler Chantal, elle m'apprit que Pierre et sa famille avaient quitté l'Algérie pour la France.

— Où sont-ils ?

— Je crois que son père a été muté à Brest…

Notre séjour à Constantine fut un long tunnel émaillé de flashs où, durant quelques heures, je m'échappais. Le site de la ville était splendide. Avec mes sœurs et mes cousines, nous faisions de longues balades jusqu'au pont suspendu de Sidi M'Cid. Nous avions une vue vertigineuse sur les gorges du Rhummel, plaie béante tapissée de végétation méditerranéenne. J'éprouvais parfois la tentation du vide, de mettre le point final en un si bel endroit.

Tout en bas, sur les berges de l'oued, des lauriers-roses poussaient à profusion et l'eau bouillonnait. Nous grimpions ensuite jusqu'au monument aux morts, un arc de triomphe inspiré de celui de Timgad, surmonté d'une statue de la Victoire aux ailes déployées. Invariablement, après ce long périple, nous échouions place de la Brèche où nous dégustions un créponné, sorte de sorbet au citron inventé à Oran par un artisan d'origine espagnole.

Je pensais sans arrêt à Pierre et revivais les moments passés avec lui. Ils se recroquevillaient dans ma mémoire, attisant mon sentiment d'abandon.

Son père a été muté à Brest.

Cette phrase résonnait en moi, elle signifiait que tout était fini, je n'espérais même plus le revoir après mon retour à Alger.

À Constantine aussi, les pieds-noirs, les juifs partaient. Ils avaient peur, les rumeurs d'enlèvements, de tortures et d'assassinats les poussaient à fuir.

Je m'isolais souvent dans une salle de classe désertée et m'asseyais derrière un pupitre de bois près du poêle à charbon – les journées étaient encore froides –, je regardais les flammes danser au travers d'une plaque de mica puis, quand ma tête était vide, je lisais.

Les encriers de porcelaine blanche tachés de violet dégageaient une âcre odeur d'encre qui se mêlait à celle, encore chaude, des enfants, elles rappelaient la vie et me rassuraient.

Le manque me consumait comme le feu les billes de charbon.

Quand je brossais mes cheveux, je surprenais dans le miroir la tristesse qui figeait mes traits, mes yeux brillaient mais je luttais pour éloigner le masque du chagrin. Nul ne me surprit jamais en flagrant délit d'abandon. J'étais vide de lui, victime d'une malédiction, comme les inventeurs de la tombe de Toutankhamon qui dépérirent après la découverte de l'inestimable trésor.

Au bout de quelques semaines, alors qu'aucune nouvelle ne me parvenait et que mes lettres restaient sans réponse, je décidai qu'il était mort et cadenassai son acte de décès virtuel au fond de ma tête, dans une boîte inviolable, hors d'atteinte de quiconque, y compris de moi. Ce faux deuil me permit de renaître peu à peu.

Je pus impunément me l'approprier.

Il était partout, dans les salles de classe assoupies, place de la Brèche, sur le pont de Sidi M'Cid, rue Caraman, rue Rohault de Fleury, nous partagions tout comme avant. Il existait à travers moi, je lui parlais, lui écrivais des déclarations d'amour, violentes, désespérées, qui à peine rédigées flambaient dans les poêles à charbon de l'école Arago et je voyais danser les brandons de ma douleur au travers du mica irisé. Tant d'amour si vite consumé !

Il était là, solaire, ses cheveux blonds sous mes doigts, ses yeux bleus rivés aux miens. Nous vivions côte à côte comme à Alger, et mes sœurs, mes parents, mes cousines, me voyant sourire inopinément, m'interrogeaient parfois, mon visage alors se fermait. La certitude heureuse de sa mort m'avait livré son fantôme.

Ainsi, je survécus.

De temps à autre, un cousin de passage m'entraînait dans les rues de la casbah manger des brochettes d'agneau et un plat de haricots en sauce. Il n'était pas habituel que des jeunes filles s'attablent dans la ville arabe, mais j'étouffais et cette lueur de liberté arrachée me réconfortait. Je ne supportais pas les contraintes, je ne voulais pas être entravée.

Je discutais souvent avec Georges, un jeune instituteur constantinois amoureux de sa ville comme Pierre l'était d'Alger. Il avait foi en l'avenir, en cette Algérie nouvelle qui allait bientôt naître. Il ne partirait pas car cette terre était la sienne. Parler avec lui me faisait du bien, son énergie, son optimisme étaient contagieux. Parfois, le visage de Pierre se substituait au sien : ils avaient la même fougue, à défaut des mêmes certitudes.

Une nuit, je fis un rêve douloureux : je courais à la gare centrale d'Alger, près du port, et demandais au guichetier un billet Alger-Brest.

— Désolé, répondait-il, le train vient de partir… C'était le dernier, on ferme la ligne.

Mme Belhaddad, femme du préfet, amie de ma tante, se prit d'amitié pour moi. Elle nous invitait souvent à la préfecture de Constantine, une bâtisse fin XIXe attenante à la mairie. Les appartements nous impressionnaient, tout était grand, inondé de soleil, luxueux.

Elle nous extirpait d'une enfilade de salles de classe tristes et grises au parfum animal, d'un purgatoire oppressant, pour nous jeter dans l'opulence et la lumière. La glacière blanche qui trônait dans la cuisine nous fascinait ; semblable à celles des pâtisseries, des cafés ou des restaurants, elle était pleine de bacs en aluminium aux parois couvertes de givre. Sitôt poussée la porte de plexiglas, une brume ténue s'élevait. La cuisinière saisissait une cuillère à glace en argent, trempée dans de l'eau tiède, et composait des cornets multicolores à trois boules. Invariablement, je demandais vanille, fraise, plombières.

La préfecture de Constantine sera toujours synonyme pour moi de fraîche douceur, de graines de vanille et d'akènes de fraises qui craquent sous les dents, de fruits confits, cerise et cédrat, marinés dans du kirsch.

« Je te ferai un joli cadeau pour ton anniversaire ! » promit Zohra Belhaddad, début juin 1962.

Une semaine plus tard, Si Mahdi, le préfet, nous emmena à l'aéroport militaire de Telergma dans une DS noire aux sièges à l'incomparable moelleux. J'étais admirative, il ne conduisait que d'une main. Il avait perdu le bras droit à Monte Cassino, pendant la guerre. C'était, pour lui, la voiture idéale, le levier de vitesse placé au-dessus du volant se maniait d'un seul doigt. Et la voiture, tout en souplesse, se laissait guider par cette commande dérisoire, heureuse de soulager son handicap.

Je n'étais jamais montée en hélicoptère. J'en avais vu beaucoup au-dessus d'Alger, ils me faisaient peur. Synonymes de drames, ils surveillaient la ville après un attentat. En mars 1962, ils l'inondèrent de tracts vantant les bienfaits du cessez-le-feu.

L'Algérie défilait sous mes yeux, tout semblait si paisible, ces villages, ces maisons isolées, ces champs de blé semés de rouge, ces carrés aux innombrables couleurs, comme de fins mouchoirs brodés. Qui pouvait croire que nous survolions un pays déchiré par la guerre, une terre au peuple martyrisé, parqué dans des camps de regroupement ?

C'était splendide, comme si Dieu, brusquement assoiffé d'harmonie, de couleurs, de beauté et de paix, avait jeté à terre des brassées de fleurs pour masquer la misère, les gourbis incendiés, les arbres rongés par le napalm et l'horreur des combats.

Des années plus tard, les paroles d'une chanson me remémoreraient cette escapade : *La terre est un paradis vu d'avion...*

Au loin, les montagnes des Aurès et, soudain, une forêt de colonnes, un immense damier de murs ruinés, un arc de triomphe en pierre mordorée, un amphithéâtre et des avenues désertes aux dalles disjointes de pierre blanche : Timgad, témoin foudroyé de la grandeur de Rome, s'étalait comme un cimetière éventré.

Le pilote s'approcha du sol, emprunta le *cardo* bordé de colonnes doriques, fonça sur l'arc de Trajan puis, le frôlant presque, reprit de l'altitude.

Au retour, avant de nous poser, nous survolâmes Constantine ; les bâtiments aux toits couverts de tuiles, l'hôpital aux dômes écarlates donnaient à la ville un air de Renaissance italienne. Les gorges du Rhummel, bordées de verdure et d'immeubles, entaillaient la terre. À l'abord du soir, l'oued qui serpentait hors de la ville se teinta de rouge.

Les ponts à l'assaut du vide décuplaient la sensation de vertige ; nous nous approchâmes du monument aux morts, réplique moderne de l'arc de Trajan et, comme à Timgad, le pilote l'aborda frontalement.

Était-ce volontaire ?

Rome s'était effondrée, la France s'apprêtait à plier bagage, leurs arcs de triomphe, vestiges pathétiques de leur puissance passée, se dressaient, désormais inutiles, en terre algérienne.

Je pensai au petit arc de triomphe du front de mer d'Alger sous lequel Pierre m'avait enlacée voilà trois mois. Comme les deux autres, il était le témoin d'un passé révolu à jamais.

Quand nous quittâmes la nacelle, le pas mal assuré, assourdie par le bruit des pales, je me tournai vers Zohra Belhaddad et vis qu'elle avait pleuré. Quelques semaines plus tard, elle quittait l'Algérie pour toujours.

Les jours qui précédèrent l'indépendance, la ville fut saisie d'une frénésie qui nous contamina tous. La certitude de vivre un moment historique m'extirpa de la déprime. Ce que nous avions tant attendu arrivait enfin. L'école fut transformée en bureau de vote et nous apprîmes par cœur l'hymne algérien *Kassamen*, auquel nous ne comprenions rien puisqu'il était en arabe littéraire. Je suis encore capable de le chanter de mémoire sans vraiment saisir le sens de toutes les paroles, même si depuis lors mon arabe s'est enrichi.

Les voitures klaxonnaient *Algérie algérienne* nuit et jour, des pétards éclataient, la joie, l'espoir nous portaient. Nous apprenions à ceux qui ne savaient pas lire comment différencier le *oui* du *non* sur les bulletins pour voter sans erreur.

Mme Smadja, la couturière de ma tante, vint nous dire adieu trois jours avant le référendum du 1er juillet. Elle avait enfin réussi à trouver une place d'avion. Tous les moyens de transport étaient pris d'assaut. Les juifs de Constantine, présents depuis des temps immémoriaux, fuyaient. Mme Lombardi, la concierge de l'école, s'envola *in extremis* le 30 juin avec Pierrot et petit Jean.

Le 5 juillet 1962, le gouvernement provisoire de la République algérienne proclama l'indépendance, ce fut le jour le plus intense de ma vie. Il faisait beau, pas encore trop chaud, nous étions toujours à Constantine, un vent léger soufflait, de ce vent qui cisèle le contour des bâtiments, les frondaisons, et donne à l'air un imperceptible vibrato. La fureur de l'OAS qui nous avait chassés d'Alger s'était éteinte à jamais.

Des milliers de personnes avaient envahi les rues, brandissant des banderoles, des drapeaux vert et blanc frappés de l'étoile et du croissant. Une joie phénoménale, magnifique. La liberté, l'honneur, enfin ! Nous manifestions, mes sœurs, mes cousines, leurs copines et moi, dans les grandes avenues de la ville européenne désertée.

Nous scandions en arabe ou en français : « Le colonialisme est mort », « Un seul héros, le peuple », « Vive l'Algérie », « Que Dieu bénisse les martyrs ». On m'avait enveloppée d'un drapeau algérien approximatif, confectionné à la hâte par ma tante sur une vieille machine à coudre Singer. Une femme, vêtue du traditionnel habit noir, m'avait arrêtée puis embrassée en disant : « Que Dieu te garde ! »

Trois jours de fête, de fraternité, de cris de joie, de youyous poussés si fort que nous n'avions plus de voix. Un bonheur indescriptible, si violent que cinquante ans plus tard il me submerge encore. Et pour les autres, ces Français que nous avions vaincus, un malheur si terrible qu'il les écrase toujours.

Rachid

J'étais épuisé, nous avions marché toute la journée, crié tous les slogans possibles, emplis d'un bonheur que nous croyions impossible. La ville était en liesse, par vagues les gens défilaient, partout des drapeaux, des banderoles en français ou en arabe.

Vive l'Algérie !

Au bas de la rue Rohault de Fleury – nous disions Rolle de Fleury –, un groupe de filles manifestait. L'une d'elles, enveloppée d'un drapeau algérien, pointait l'index vers le ciel, comme si, suffoquée par la joie, elle s'apprêtait à mourir.

Elle était splendidement belle. Je m'approchai d'elle, ses amies scandaient : « Algérie algérienne ! » Elle me fixa quelques secondes de ses magnifiques yeux verts, mon visage n'accrocha pas son regard et elle détourna la tête. Je tentai désespérément d'attirer son attention mais elle disparut bientôt, emportée par la foule.

C'était une déesse descendue de l'Olympe pour fêter la victoire, bientôt Zeus se saisirait de son doigt et l'entraînerait vers le séjour des dicux. Une seule coupe d'ambroisie lui ferait oublier Constantine et moi, pauvre mortel, garderais à jamais son image divine et la tristesse du passant anonyme face à une madone intouchable.

Pierre

Mon père avait été muté à Brest, il quitta l'Algérie avec ma mère au mois de mai. Arrivés à Paris, ils prirent un train gare Montparnasse. Je ne les vis pas, ils m'en voulaient toujours. Ils se mirent immédiatement en quête d'un logement.

L'appartement trouvé, maman vint à Paris. Elle était triste, l'Algérie lui manquait et Brest ne lui plaisait pas. Elle ne parla pas de l'attentat, bien décidée à clore le chapitre nord-africain.

Mon père avait loué une maison dans le Sud-Ouest pour l'été, il nous y rejoindrait après avoir réceptionné nos meubles d'Alger.

Quand nous arrivâmes à Bétaille, un petit village au bord de la Dordogne, j'eus très vite la certitude de l'ennui. Les rues désertes, les vieilles maisons alignées, les grands platanes dessinaient une scène de théâtre angoissante. L'idée de vivre trois mois pris au piège dans ce décor sinistre m'accabla.

Le Club des Pins, Moretti, Surcouf, Castiglione étaient loin.

Le souvenir des plages d'Alger aux noms qui chantent, flamboyantes de vie et de soleil, me désespérait. Ici, tout était vide, terne et déprimant. L'air était frais et de gros nuages mangeaient le bleu du ciel. Où donc était le sirocco ?

Mon père avait tracé sur une feuille d'agenda l'itinéraire de la gare au castelet. Pas plus de huit cents mètres à pied, avait-il prétendu. Nous marchâmes une bonne demi-heure, heureusement sans bagages. Ces derniers seraient livrés plus tard par un agent de la SNCF.

Le portail d'accès à la propriété était entrebâillé. Maman poussa l'un des battants, une clochette au grelot éraillé tinta. Un jardin mal entretenu planté de grands arbres entourait une maison de pierres blanches aux volets clos. Une maison endormie. Elle ne manquait pas d'allure et avait sûrement connu des jours plus fastes qui justifiaient son nom de castelet. J'imaginai des fêtes, des chants, un parc impeccable, une balançoire, de la limonade dans des bouteilles bleues.

J'avais lu, sur les conseils d'Inès, les *Contes d'une grand-mère* de George Sand. Un accident de diligence contraint un père et sa petite fille à passer la nuit dans un château ruiné, celui de Pictordu. L'enfant, brûlante de fièvre, s'endort parmi les pierres et les herbes folles. Une musique l'éveille, le palais a retrouvé son faste, il revit, des couples en habit d'époque dansent dans la lumière tremblante des chandeliers…

Quand elle m'avait donné le livre de la collection « Rouge et Or », Inès avait dit :

— Je suis la petite fille du conte et toi le fils du châtelain. Nous danserons toute la nuit dans la salle de bal et, au petit matin, tu pourras m'embrasser.

Je fus tiré de ma rêverie par un rire lointain, étouffé. Celui d'Inès ?

Il provenait d'un fourré sur ma droite. Je lâchai le bras de ma mère et inspectai le buisson. Rien. Un bruit me fit sursauter, un corbeau que j'avais dérangé s'échappa en me frôlant.

Une vieille dame en noir sortit sur le perron, le propriétaire l'avait chargée de remettre la maison en état puis de nous accueillir.

Le seuil franchi, j'éprouvai une sensation indéfinissable. Certains diraient le charme de l'ancien, meubles et parquet cirés, sombres, une lumière avare et jaune venue de lustres reconvertis à l'électricité, des portraits de disparus, une oie empaillée au bec menaçant. L'atmosphère était dense, lourde, presque suffocante. Une atmosphère de musée, sauf que l'on n'habite pas dans un musée.

Les murs de notre appartement d'Alger étaient blanc écru, nous vivions dans une lumière ardente, été comme hiver. Trois tableaux étaient suspendus dans le séjour, des scènes de bord de mer pleines de vie ; elles diffusaient leur propre éclat et, au travers de chaque fenêtre, comme autant de tableaux vivants, la mer aux tons innombrables.

J'ai, incrustés dans ma tête, tous les détails de mon arrivée au cœur de la France.

Le véritable exil commençait.

À Paris, pris par les cours et les révisions du bac, j'avais chassé les mauvaises pensées.

Et voilà qu'elles m'assaillaient !

Inès

Nous revînmes à Alger le 10 juillet 1962. J'étais partagée entre la joie de retrouver ma ville et la peur d'y affronter l'absence. Il faudrait vivre au Télemly sans Pierre et si, à Constantine, je parvenais parfois à l'oublier, ici ce serait impossible.

Les murs couverts de graffitis, les magasins éventrés par les bombes de l'OAS défilaient. Sur les trottoirs, les ordures s'accumulaient en tas nauséabonds. La ville était déserte.

Le garage de l'immeuble était aux trois quarts vide, la Simca des parents de Pierre s'était volatilisée. Au dixième étage, en sortant de l'ascenseur, je vis leur plaque et leur nom sur la porte. Un fol espoir m'envahit alors : peut-être reviendraient-ils après les vacances d'été ?

Chaque intérieur a son parfum, je respirai celui du nôtre, mélange de lavande séchée, d'eau de Cologne et d'épices, comme une toxicomane longtemps sevrée de sa drogue. L'exilée retrouvait ses marques. J'ouvris la fenêtre de ma chambre et la beauté radieuse de la baie, l'immensité de la mer et du ciel me firent aussitôt oublier l'horizon confiné de l'école Arago. Éblouie par le bleu, caressée par la brise chargée d'iode, je tournai les yeux vers le balcon de Pierre. Espoir encore, terrible espoir... Eh bien non, nul papier, nulle inscription sur le béton chaud de la balustrade. Je les avais tant souhaités ! Une marque, un peu de sang versé pour moi, un indice, un cœur tracé à la craie, un billet à demi brûlé par le soleil, un témoignage, si infime soit-il. Mais non, seuls le béton nu et cette ville abandonnée s'offraient à moi comme des cahiers sans écriture. Il faudrait faire sans lui, sans sa voix de tous les soirs, sans ses lèvres, sans ses yeux douloureusement clairs. Le mur mitoyen serait à jamais muet et je serais veuve sans vraiment l'être.

J'aurais aimé le voir étendu dans la cour, disloqué, la tête éclatée, qu'il soit mort et qu'enfin je puisse porter le deuil.

Qu'aucune autre femme ne puisse un jour l'étreindre comme je l'avais étreint.

L'idée qu'il puisse vivre un nouvel amour m'était intolérable.

J'eus honte de ces pensées malsaines mais il était à moi et c'était plus fort que moi.

Toutes les nuits, à Constantine, je rêvais de lui, il était poursuivi par des hommes armés, il courait, trois claquements secs, voilà qu'il s'effondrait et sa chemise blanche se maculait de rouge.

Pleurez, mes yeux, et fondez-vous en eau...

La beauté du soir et cette ville belle comme une morte me ravageaient.

Karim, mon petit frère, s'accrocha soudain à ma robe et, levant vers moi son visage enfantin, balbutia :

Inès, pourquoi tu pleures ?

Pierre

Le temps s'était arrêté, pour cette maison et pour moi.

Le castelet était triste de son passé perdu, il avait oublié le bonheur et, comme moi, s'était recroquevillé, en exil intérieur. Les jours étaient semblables aux jours.

J'imaginais être un prisonnier politique : je payais mon engagement pour l'Algérie française par trois mois de détention.

Ma mère avait acheté à Brest *L'Étranger* de Camus, je m'y plongeai et mon destin me sembla étonnamment proche de celui de Meursault, le héros pied-noir. Dans ma tête, je remplaçai l'incipit du roman « Ce matin maman est morte » par « Ce matin l'Algérie est morte », laissant de côté « ou peut-être hier ». En vérité, j'aurais pu garder les deux phrases car pour moi l'Algérie n'était pas morte le 3 juillet mais le 11 avril 1962. Je n'avais pas tué d'Arabes mais plastiqué la faculté de droit qui alimentait en juristes la prétendue justice républicaine. À quoi servent les écoles de droit quand la seule volonté d'un homme jette, au mépris de toute justice, tout un peuple sur les routes de l'exil et livre aux assassins nos plus ardents défenseurs, les supplétifs musulmans ?

Comme Meursault dans sa cellule, je perdais mon temps pour le passer et survivre. Je revivais mon passé, essayant d'en retrouver les moindres détails. Mon premier souvenir avec Inès… Nous étions dans l'ascenseur de notre immeuble, j'avais à la main un cornet de glace pistache-vanille, les grands yeux verts de la petite fille exprimaient une telle envie que je le lui donnai.

Les yeux d'Inès… J'essayais désespérément d'en retrouver l'exacte couleur. Ses traits aussi s'estompaient, laissant place à un masque blanc. Était-ce le signe absolu de l'amour ou les prémices de l'oubli ?

J'étirais en longueur les moindres gestes de la vie quotidienne, brossage des dents, toilette. Il n'y avait ni douche, ni baignoire, ni salle de bains, juste un gant et une cuvette, un broc de porcelaine blanche orné d'une fleur bleue. Je versais lentement l'eau froide du broc dans la cuvette et, comme un chat, avec la même ténacité, la même application, n'omettais aucune parcelle de ma peau. Après mon petit déjeuner, s'il faisait beau, je prenais un vélo du siècle passé avec, fixé à l'avant, un cageot pour les courses. Il me faisait honte, il couinait au moindre nid-de-poule. J'allais sur les bords de la Dordogne, m'allongeais sur les galets et divaguais, les yeux perdus dans le courant tourbillonnant. Je ne croisais jamais personne, j'avais le sentiment de vivre dans un désert. Je roulais sur des routes bordées de champs de maïs ou de tabac aux feuilles d'un vert profond.

Quand il pleuvait, je me réfugiais dans le grenier jonché de livres et de revues piqués de rouille, colonisés de perce-oreilles, et je lisais au hasard des éditions originales de Loti, Dumas, Hugo ou feuilletais *L'Illustration*.

Il y avait des jouets, des poupées de porcelaine au regard vide, des soldats de plomb aux couleurs écaillées et passées, des maisons de poupée ruinées, un minuscule service à thé et surtout un kaléidoscope. Je passais des heures dans ses paysages improbables et changeants au gré de mes gestes et de mes humeurs. J'errais sur des collines turquoise, des vallées de triangles ou de losanges et marchais dans l'infini d'innombrables combinaisons à la recherche d'Inès, mon amour aux yeux d'Elsa.

Les vers d'Aragon appris au lycée pour la composition de récitation me revenaient alors :

Quand je t'aurai donné le kaléidoscope des douleurs
Le cœur en croix les membres roués
L'immense tapisserie des hommes martyrisés
Les écorchés vivants à l'étal suppliciaire...
J'inventerai pour toi la rose.

À chacun de mes tours à vélo, je passais devant une maison fleurie à profusion, des jardinières à toutes les fenêtres lui donnaient un air de fête. Géraniums, pétunias, bégonias ruisselaient des balcons, les allées qui menaient à la porte d'entrée foisonnaient d'œillets, de roses et de marguerites à cœur jaune. Un jour, voyant une femme s'affairer dans le jardin, je mis pied à terre et la félicitai. Elle me remercia avec un fort accent étranger.

J'appris plus tard qu'elle était allemande, originaire des Sudètes, et qu'en 1945 elle avait été expulsée avec sa famille et ses voisins de cette région germanophone de Tchécoslovaquie. « Du jour au lendemain on nous a demandé de partir, me confia-t-elle, je n'ai pu prendre qu'une petite valise. On a tout laissé là-bas. Dieu sait ce que sont devenues nos maisons. »

Sur le chemin de l'exil, Grete avait rencontré un Français, l'avait suivi puis épousé en France. Elle avait trouvé une nouvelle patrie. En souvenir de la maison où elle était née, elle avait noyé celle du Périgord sous les fleurs. Elle était heureuse, elle avait reconstruit sa vie sans renier tout à fait celle d'avant.

Il n'y avait aucune amertume chez cette femme.

Je me sentis moins seul. D'autres avaient vécu ce que je vivais et, malgré la douleur, le bonheur était sans doute possible.

Inès

Alger, ma ville, changeait doucement, elle s'emplissait de pauvres gens venus du bled. Les immeubles haussmanniens des rues Michelet, d'Isly et du front de mer eurent de nouveaux locataires sans moyens pour les entretenir. Beaucoup de pieds-noirs étaient partis, d'autres Européens vinrent, les coopérants techniques. On reconnaissait leurs voitures aux plaques minéralogiques jaunes frappées de deux lettres : *CT*. Certains rêvaient de bâtir un pays idyllique, mais en peu d'années leurs espoirs s'évanouirent, comme les nôtres.

Et pourtant, je ne cessais de défendre l'Algérie nouvelle. À ses détracteurs, je rappelais la France d'après 1789, la Terreur, la tyrannie napoléonienne, le massacre des communards, la lente édification d'un État de droit. J'avais foi en l'avenir et le proclamais.

L'Algérie manquait de cadres ; l'exode qui suivit l'indépendance laissa le pays exsangue et pourtant il ne s'effondra pas. Des hommes, des femmes donnèrent le meilleur. Je voulais moi aussi apporter ma contribution. Mon père abandonna l'école de la Bouzaréah pour rejoindre le ministère du Travail et des Affaires sociales. Il avait la flamme et travaillait sans relâche. C'était un collaborateur direct du ministre, Bachir Boumaza.

Incorruptible, il refusa une villa sur les hauteurs et les autres avantages réservés aux apparatchiks de la république. Nous restâmes dans notre appartement du Télemly. J'aurais aimé fuir le passé et vivre parmi les arbres, les fleurs et les senteurs des collines.

Nous arpentions les rues avec mes cousines de Constantine fraîchement installées à Alger. Hormis les Européennes et quelques femmes ou jeunes filles de la bourgeoisie, les trottoirs et les terrasses de café étaient livrés aux hommes. L'Otomatic, célèbre café algérois, non loin de la faculté et du lycée Delacroix, prit le nom de Cercle Taleb Abderrahmane ; sa clientèle mixte, aux habits colorés, fut lentement remplacée par des hommes gris souris. Peu à peu le sentiment d'être étrangère à ma propre ville me gagna.

Un professeur d'université venu de France loua l'appartement des Leroy ; il enseignait l'histoire, c'était un vieux monsieur souriant et courtois qui aimait les jeunes gens.

Mon père gérait notre immeuble du Télemly comme son ministère, avec poigne. Il veillait à ce que les nouveaux arrivants soient éduqués et solvables afin de préserver notre environnement. Ses sœurs, des neveux et des nièces s'y installèrent. Des coopérants, professeurs de lycée ou d'université, des médecins, des avocats investirent les appartements laissés vacants par nos anciens voisins. Longtemps le Foyer universitaire algérois fut l'immeuble le mieux tenu de la ville, et puis un jour l'État se l'appropria, n'admettant pas que cet îlot lui échappe, alors commença le déclin…

N'ayant pu passer le bac en juin, je me présentai à la session de rattrapage de septembre. Je réussis dans toutes les matières sauf en histoire-géo. Je me souviens encore du sujet : « Kolkhozes et sovkhozes ». J'avais fait l'impasse sur la question et, malgré un 5 sur 20, obtins la mention Assez bien et m'inscrivis en fac de médecine.

Je voulais soigner, aider, aller à la rencontre de ce peuple que je connaissais si mal, dont je parlais à peine la langue par la volonté de mes parents qui rêvaient de jouer à armes égales avec les Français de souche. Mes seuls rapports avec les humbles se cantonnaient aux femmes de ménage. Nous vivions en marge avant l'indépendance et nous continuâmes.

J'avais été choquée de voir sévir encore les petits cireurs de chaussures dans les rues d'Alger. Ils étaient pour moi le symbole de la soumission, du colonialisme, et je m'en étais indignée dans une lettre que papa avait remise à son ministre.

Un soir, il me tendit une enveloppe sur laquelle mes nom et prénom étaient inscrits d'une belle écriture aux pleins et déliés arrondis, elle contenait un carton imprimé en lettres d'or. Monsieur le ministre me priait d'assister à la réception qu'il donnerait la semaine suivante à l'hôtel Aletti. Je rendis l'invitation à mon père :

— Merci mais je n'irai pas…

— Comment ça ? fulmina-t-il. Tu ne peux pas faire ça, ce serait un affront pour lui…

— J'ai les mondanités en horreur, tu le sais… Tu trouveras bien une excuse.

— C'est ce que nous verrons, dit-il en claquant violemment la porte de ma chambre.

C'était la première fois que je m'opposais à lui. L'idée de franchir le seuil de l'hôtel m'effrayait. J'arrivais tant bien que mal à oublier Pierre dans la journée mais, la nuit venue, il me torturait. Lors de nos sorties en ville, j'évitais soigneusement le périmètre de l'Aletti et dissuadais mes cousines et mes sœurs d'aller prendre un thé sous les grands arbres de la terrasse du Cintra.

Contrariée, je sortis sur le balcon et, peu à peu, la mer parsemée de lumières, la masse sombre et rassurante de l'Atlas au loin, les premières étoiles, le bruit sourd de la ville m'apaisèrent.

Les immeubles alentour me rappelèrent mes amies, où s'étaient-elles donc exilées ? Je n'avais plus de nouvelles de Chantal, dont le père pharmacien avait été abattu par l'OAS alors qu'il protégeait son préparateur musulman ; ni de Marie-Françoise, fille d'antiquaire de la rue Michelet, qui dans une lettre écrite peu avant son départ d'Alger regrettait les aumônes faites dans les rues, après la messe, aux mendiants indigènes qui, comme moi probablement, étaient complices du FLN ; ni de Colette avec qui je plongeais au Cap Caxine et dont le père, colonialiste impénitent, vantait sans cesse, malgré mes protestations, les bienfaits de la présence française.

Elles avaient disparu, comme Pierre.

L'Algérie n'existait plus pour eux, ils avaient arraché les premières pages du roman de leur vie.

Ils les avaient déchirées pour ne plus les relire.
L'oubli du bonheur masquait la douleur de la perte.
Et pour eux, j'étais morte avant ma mort.

Pierre

L'été s'étirait en langueur, quelques accents du Sud me parvenaient parfois, le chant d'un grillon, une journée caniculaire, un bleu du ciel inhabituel.

Immanquablement l'Algérie s'imposait.

J'imaginais que nous étions dimanche matin, qu'il faisait beau et chaud. Je me précipitais sur la loggia de notre appartement du Télemly et scrutais la haute mer, aucun mouton ne broutait à sa surface, c'était de bon augure. Au même moment, Inès inspectait la Méditerranée, tournait la tête vers moi et faisait le V de la victoire.

Nos pères accepteraient d'aller à la plage.

Commençaient alors les préparatifs. Nos mères confectionnaient des sandwichs, cuisaient des œufs durs, emballaient sel et poivre pour l'assaisonnement dans du papier, lavaient des tomates bien rouges, du raisin, des pêches et des figues, remplissaient des thermos d'eau fraîche et de café au lait, nous envoyaient acheter du pain, des croissants et des cocas fourrées de frita chez le boulanger près de l'entrée du garage, rue Daguerre. J'y retrouvais parfois Inès et, pour avoir droit à un baiser dans l'ascenseur, lui offrais un petit pain au lait.

Une journée de bonheur s'annonçait. Nous nous arrangions pour que nos pères installent les parasols Orangina aux zestes en spirale sur fond bleu entre Moretti et le Club des Pins, ainsi nous pouvions espérer nager et parler ensemble quelques minutes.

Quand nous arrivions à Moretti, je me dressais sur le siège de la voiture pour m'assurer que la mer était étale et qu'aucun camion militaire ne stationnait au bord de la route. Les soldats des casernes alentour venaient de temps à autre profiter de la mer. Si c'était le cas, le père d'Inès rebroussait chemin et conduisait sa petite famille à la forêt de Sidi Ferruch, ne supportant pas l'idée que ses filles puissent être importunées.

Nous courions sur le sable brûlant jusqu'à l'eau pour rafraîchir nos pieds en feu. Débutait une longue journée de complicité, nous attendions que pères et mères s'assoupissent pour nager vers le large et nous retrouver enfin seuls dans l'immensité bleue. Nous avions appris le crawl aux Groupes laïques, pas loin du Champ de Manœuvres. Dans le soleil, les yeux d'Inès paraissaient encore plus clairs et j'embrassais ses paupières au goût de sel. Parfois, je l'enlaçais.

Le retour à la réalité française était douloureux.

Allongé sur les galets, je regardais inlassablement la Dordogne couler, une petite île séparait son cours en deux, Inès m'y attendait peut-être. À cette idée, je plongeais dans l'eau froide et nageais comme un fou mais l'îlot était désert…

J'écrivis une ultime lettre fin juillet 1962. Elle me revint dix jours plus tard avec la mention manuscrite : *N'habite plus à l'adresse indiquée.*

Comme elle suivait immédiatement le mot « Alger » écrit de ma main, l'on pouvait lire :

Alger N'habite plus à l'adresse indiquée…

Ce matin-là, il faisait beau, rien n'altérait le ciel et le soleil se déversait sans retenue sur les champs. À certaines heures, écrivait Camus, la campagne algérienne est noire de soleil. Il m'était impossible d'associer le mot « noir » aux paysages d'Algérie, je n'adhérais pas, la couleur noire n'existe pas dans ce pays. Pour moi, les terres autour d'Alger et d'ailleurs irradiaient.

Zéralda, Tipaza, le domaine d'Aïn Allah ceinturé de barbelés, Chréa, La Pérouse, Oran, Bougie, tous ces lieux ne pouvaient être sombres, même sous un soleil qui brûlait la rétine, noyait les contrastes et aveuglait d'une cécité éclatante.

Il m'était impossible d'associer le mot « fin » au mot « amour ».

J'aimais une terre qui ne nous aimait plus et une jeune femme restée là-bas sans laisser d'adresse.

Je n'avais plus rien.

Je montai sur mon vélo et m'apprêtai à rejoindre la Dordogne, à plonger dans ses tourbillons sournois dont personne ne réchappe jamais. C'est alors qu'une charrette tirée par deux percherons s'arrêta. La voisine allemande et Agnès, sa fille de quinze ans, rejoignaient les hommes qui moissonnaient.

— Venez donc avec nous, dit la femme des Sudètes, on a besoin de bras. Prévenez que vous passez la journée aux champs… et surtout ne dites pas non…

L'exilée avait perçu la détresse d'un autre exilé, elle lui sauva probablement la vie.

Je vis la moissonneuse couper des blés infinis à la blondeur sensuelle, suivis le vol erratique des insectes affolés par la chaleur, écoutai trembler dans la brise les feuilles des frênes miroitants, humai l'odeur d'herbe coupée, dévorai le clafoutis délicieux aux prunes acidulées, bus quelques verres de cidre frais, en frôlant, un peu gris, le bras d'Agnès au hâle si doux et compris qu'il y avait d'autres terres, d'autres soleils, d'autres bonheurs, d'autres possibles.

Inès

Quand le groom de l'Aletti m'aperçut, il eut un mouvement de recul : j'étais un spectre surgi du passé. Je lui adressai un petit sourire complice en portant mon index à la bouche pour l'inviter au silence, mon père n'aurait pas supporté qu'un étranger s'adressât à sa fille.

Il n'avait pas changé, sa tenue était toujours impeccable, les mêmes boucles rousses encadraient son visage. Il nous conduisit au Chantecler dans le bel ascenseur Otis-Pifre. La salle du restaurant débarrassée de ses tables me parut immense, elle était déjà pleine de monde et un énorme buffet avait été dressé. Au travers des grandes baies vitrées on apercevait un bleu infini, le port et ses bateaux. Un certain après-midi d'avril, d'une des chambres de l'hôtel, j'avais découvert un panorama identique et le souvenir de Pierre, tenu tant bien que mal à distance, me revint, cinglant.

Quand papa me présenta au ministre, j'étais deux étages plus haut, dans les bras de l'homme que je n'avais cessé d'aimer, immergée dans ma mémoire. Je savais qu'il serait douloureux d'affronter le passé, jamais je n'aurais dû revenir dans cet hôtel. Je regrettai de m'être laissé fléchir par ma mère et mes sœurs.

Bachir Boumaza s'adressa à moi devant un aréopage de hauts fonctionnaires : il avait bien reçu ma lettre, elle l'avait touché. Il m'assura que la question des petits cireurs serait bientôt réglée et me remercia d'avoir attiré son attention sur ce triste symbole d'un passé révolu.

Il tint promesse et créa, peu après, du côté de Sidi Ferruch, un centre d'accueil pour ces enfants qui bientôt disparurent des grandes villes algériennes.

Les invités m'applaudirent et je fus, l'espace de quelques minutes, le centre d'intérêt de toute la salle. Je me sentis nue. Voyaient-ils que Pierre m'enlaçait, que nous faisions l'amour et que j'étais hors de leur monde ?

Un jeune homme m'aborda :

— Bravo, vous avez réussi à attendrir le ministre, une vraie prouesse ! Et si mon intuition est bonne, vous ne lui êtes pas indifférente.

Je le dévisageai, surprise. Il avait un beau visage, des yeux verts comme les miens, les cheveux clairs et un sourire impeccable.

— Qu'est-ce qui vous fait dire ça ?

— Sa façon de vous regarder... En tout cas, il a du goût.

— Vous avez vu ses pieds ? Petit avec de grands pieds, il n'a aucune chance.

Il éclata de rire :

— Alors, j'ai toutes les miennes.

Il pointa un index sur ses chaussures ; elles étaient élégantes, parfaitement cirées et en proportion avec sa taille. Je haussai les épaules et l'abandonnai pour le buffet. Il m'y rejoignit.

— Si mon père voit que vous me draguez, nous allons passer un sale quart d'heure.

— Je n'en doute pas, Inès, vous êtes la fille du terrible Omar Khelifa qui fait trembler le ministère.

— Vous connaissez mon prénom ?

— Tout le monde sait qu'Inès est la plus belle fille d'Alger. Moi, je m'appelle Rachid et j'aimerais bien vous revoir.

— Dans une autre vie, peut-être... Bonne soirée.

J'allai discrètement retrouver le groom au rez-de-chaussée, il était assis dans la pénombre, tête baissée, et semblait assoupi. Quand je posai une main sur son épaule, il sursauta.

Rachid

Je n'en revenais pas, j'avais retrouvé ma déesse de la Victoire, la fille sublime qui manifestait à Constantine enveloppée dans un drapeau, l'index pointé vers le ciel.

Elle était face à moi, près du ministre. Il la félicitait. Elle lui avait adressé une lettre quelques semaines plus tôt et l'avait convaincu d'agir. Désormais, les petits cireurs d'Alger et d'ailleurs auraient un toit. Un des symboles de l'asservissement colonial disparaîtrait bientôt. J'étais dubitatif. Tant de promesses étaient faites sans l'ombre d'une réalisation !

Le ministre lui manifestait un intérêt démesuré. Il devait recevoir chaque jour quantité de courriers mais, bien évidemment, ils n'émanaient pas d'une jeune femme à la si troublante beauté.

Depuis le 5 juillet 1962, elle habitait mes rêves, elle surgissait du néant, telle une apparition miraculeuse, dans la chaleur d'un jour d'été, au sein d'une foule en liesse. J'étais heureux. Un bonheur si violent que je m'éveillais, et la joie cédait la place à la frustration, à la tristesse.

Désormais, ce n'était plus un songe, elle était là, bien vivante, et ne s'évanouirait plus. J'interrogeai le responsable du protocole du ministère sur son identité.

— Inès Khelifa, murmura-t-il, la fille du directeur de l'administration générale, un cerbère à l'efficacité redoutable.

Je l'abordai et réussis à capter son attention quelques minutes, mais quand j'émis le souhait de la revoir, elle haussa les épaules et tourna les talons.

Elle quitta la réception, je la suivis.

Elle descendit au rez-de-chaussée et entra en discussion avec le groom. Visiblement, ils se connaissaient. Au terme de l'entretien, il s'absenta quelques minutes et, quand il revint, c'est elle qui s'éclipsa.

— Où est-elle ? demandai-je, péremptoire, au liftier qui me prit pour un agent de sécurité.

Il répondit aussitôt :

— Chambre 310.

Je montai au troisième étage à pied. Elle était dans la chambre, face à la fenêtre. Elle pleurait, le dos secoué par les sanglots.

La déesse de la Victoire avait donc subi quelques défaites…

Mohand

La petite Française est revenue.

Elle est à la réception du ministre Boumaza. Je l'ai connue juste avant l'indépendance et ne l'ai jamais oubliée, elle était montée dans une chambre avec le filleul du patron. Je me souviens encore d'avoir compté les minutes, incapable de me concentrer sur autre chose. Une heure et demie, ils avaient passé une heure et demie ensemble !

Je m'étais endormi sur mon siège face à l'ascenseur, j'ai senti une main me toucher et ça m'a réveillé. Elle était devant moi, encore plus jolie qu'avant.

J'ai dit :

— Vous n'êtes pas partie ?

— Partie où ?

— En France, comme la plupart des Français en juillet 1962.

— Je ne suis pas française.

— Italienne, espagnole ou portugaise alors ?

— Non, algérienne comme toi.

C'est comme si elle m'avait donné un coup sur la tête.

Je savais sans savoir !

Une Algérienne avec un Français, *Bismillahi rahman ou rahim !* J'étais déjà choqué qu'une si jeune fille aille dans une chambre avec un garçon. *Wallah,* c'était la première fois que je voyais ça, et pourtant j'en avais vu des choses dans cet hôtel… Mais là, apprendre qu'elle était musulmane comme moi, je n'en revenais pas. Elle ne ressemblait pas du tout aux filles de chez nous, elle m'avait bien eu.

J'ai eu envie de la secouer et de lui dire : « Tu te rends compte de ce que tu as fait ? » Mais elle était tellement belle que je n'ai pas pu.

Elle m'a regardé avec ses grands yeux verts et je me suis senti tout petit. Elle m'a demandé de lui ouvrir la chambre où elle avait passé l'après-midi avec ce petit salaud. Je lui ai dit que ce n'était pas possible, que si je faisais ça j'allais me faire virer.

Elle a répondu :

— Tu ouvres juste la porte de la chambre, tu reviens à ton poste, je la referme en sortant.

Je me suis souvenu du numéro : 310.

Je suis monté, j'ai entrebâillé la porte. Elle m'attendait au rez-de-chaussée, je ne voulais pas qu'on nous voie ensemble. Quand je suis revenu, j'ai demandé qu'elle prenne le nouvel ascenseur, celui qui n'a pas besoin de moi. Elle m'a remercié et elle est partie.

Un homme avait assisté à tout. Caché derrière un pilier, il nous surveillait. Je l'avais remarqué, j'étais inquiet, les agents de la sécurité militaire mettaient leur nez partout.

Juste après son départ, il est venu me voir. Il a demandé où il pouvait trouver la fille qui, deux minutes plus tôt, parlait avec moi. Le ministre la cherchait. J'ai dit qu'elle était à la 310, il a pris les escaliers en courant pour la rejoindre.

Elle est revenue dix minutes plus tard, sans se presser, et ça m'a paru bizarre. Soit l'espion ne l'avait pas trouvée, soit il racontait des salades et cette histoire de ministre qui voulait la voir était inventée.

Elle avait pleuré. J'ai tout de suite compris qu'elle aimait toujours Pierre, le neveu du patron, et qu'il l'avait abandonnée.

La réception terminée, l'homme est repassé, il m'a questionné sur la petite et, comme je ne disais rien, il a beaucoup insisté. J'ai eu peur qu'il aille voir mon chef et fasse des histoires. J'ai avoué que je la connaissais, que je l'avais vue dans l'hôtel avec un garçon avant l'indépendance. Je lui ai tout raconté. Il m'a dit que ce genre de choses était courant dans les hôtels. Ça m'a tranquillisé, un agent de sécurité n'aurait pas tenu ce discours.

Inès

Je poussai doucement la porte de la chambre ; le seuil franchi, je fermai les yeux.

Et s'il était là ?

Peut-être était-il revenu après l'attentat ?

Il m'attendait peut-être assis dans la pénombre, certain que je passerais un jour.

Je gardai les yeux fermés, marchai jusqu'à la fenêtre et l'ouvris à tâtons. L'odeur d'iode et de cordages mouillés envahit la pièce comme la première fois.

Peut-être était-il derrière moi, peut-être saisirait-il ma taille en m'embrassant ?

Mon cœur s'emballa, en vain.

J'attendis longtemps... Rien d'autre que le bruit des voitures, le cri des mouettes et la caresse des rideaux de mousseline gonflés par le vent du large.

J'ouvris alors les yeux, le ciel du soir était ocre, le bleu de la mer se teintait de rose, des lumières étoilaient les mâts des bateaux. Je m'assis sur la balustrade du petit balcon, malade de solitude.

Ce décor avait été notre complice. La Méditerranée et ses voiliers, le ciel et ses martinets, la brise jouant dans les voilages devinrent soudain hostiles et me blessèrent comme le verre d'un carreau brisé.

Je fermai à nouveau les yeux, je ne voulais voir ni le lit où nous avions fait l'amour, ni mon visage défait dans les glaces des penderies.

Je ne les rouvris qu'après avoir claqué la porte.

Quand je croisai le groom au rez-de-chaussée, voyant que j'avais pleuré, il dit :

— Tu as tort, il ne mérite pas.

L'idiot, qu'en savait-il ?

Pierre

Je refusai d'aller à Brest, je ne souhaitais pas vivre avec mon père. Nous étions trop éloignés politiquement, je ne supportais plus son idéalisme béat d'homme de gauche. Cette « fabuleuse » Algérie qui voyait le jour le fascinait. Il y serait retourné si ma mère l'avait laissé faire. Il oubliait les centaines de milliers d'hommes et de femmes jetés sur les routes de l'exil, les spoliations, les massacres d'Oran et d'ailleurs, la tragédie des harkis.

Il ne voulait voir qu'un peuple exemplaire qui s'était libéré des chaînes de la colonisation. Son aveuglement face à la souffrance des siens me mettait hors de moi.

Je pris donc une chambre en région parisienne et m'inscrivis en fac de médecine. C'était un vieux rêve, pour Inès et moi, que d'être un jour médecins.

Que faisait-elle, où était-elle ?

Je l'imaginais entrant avec moi dans la faculté d'Alger par le portail monumental de la magnifique rue Michelet bordée de ficus, nous aurions été côte à côte dans les amphis et, après les cours, aurions déambulé dans les allées de l'université sous les palmiers, nous nous serions assis sous les frondaisons et aurions parlé du futur avec passion.

Pourquoi cette injustice, pourquoi cela n'avait-il pas été possible ?

Ces deux interrogations me harcelaient. Je voulais comprendre, répondre aux questions qui me taraudaient et m'apaiser. Malgré des nuits et des nuits d'insomnie, je n'y parvins pas. J'admis seulement que la raison ne peut venir à bout du cœur et de ses blessures.

C'était donc ça ma nouvelle vie : une chambre de bonne dans un immeuble pisseux de banlieue aux fenêtres barricadées d'acier, le ciel et la rue immenses, vides, sales, gris et, au-dehors, les joues giflées par un vent sans barreaux.

J'espérais toujours des nouvelles d'Inès…

Les trottoirs dévidaient leur macadam planté d'arbres dénudés, quelques papiers flottaient dans le caniveau, un clochard dormait sur un banc enroulé dans une couverture.

C'était mon nouveau monde !

Il faisait froid. Quand j'avais quitté Alger, la belle saison commençait, et là c'était l'automne. Entre les deux, la chaleur humide du Sud-Ouest ; mais peut-on parler de chaleur quand on est en prison ?

Sur le dos, j'avais des fringues décalées : un blouson de coton, une chemisette.

L'automne est si doux en Algérie.

J'avais passé trois mois entre parenthèses, l'été en solitaire comme d'autres traversent l'Atlantique. Un voyage dans le temps, au cœur d'une maison bourgeoise endormie du XIXe siècle, des champs de maïs et de tabac pour seul paysage, une odeur d'herbe coupée et de vieux meubles. Je pensais sans cesse à Inès, j'attendais un courrier, un appel, un signe, un pardon. Ma tête était pleine d'elle, même si Agnès, la fille de l'exilée des Sudètes, avait un temps fait diversion.

À Paris, brusquement, le vide, le principe de réalité m'assaillaient.

Oui… c'était ça la liberté : l'espace inutile qui croissait à l'infini et la solitude qui claquait nue.

Il pleuvait, le tissu collait à ma peau, je sentais la province, le moisi. Le trottoir était constellé de chewing-gums, mâchés et crachés par les piétons, seuls témoins historiques de leur passage. Un homme ronflait sur la grille d'une bouche d'évacuation, je l'enjambai ; des pigeons dépenaillés picoraient un vieux sandwich. Je marchai longtemps, jusqu'au métro.

Sur les murs de la station, une femme au regard dur me toisait. Elle était peintre, on l'exposait. Si j'avais peint, je n'aurais eu qu'un thème, un seul : les peintures écaillées, boursouflées du castelet de Bétaille, la lucarne du grenier parfois bleue, souvent grise et, au plafond, le visage d'Inès, ses prunelles vert d'eau, ses lèvres interdites de sourire.

Un couple se pressait, bras dessus, bras dessous, je serrai les mâchoires. Leur bonheur était une insulte. À la station Opéra, une odeur de croissants embaumait les couloirs, premier signe réconfortant depuis que j'avais fui ma sinistre chambre, et toujours cette femme peintre sur les murs. Elle me traquait, j'arrachai un pan d'affiche ; entre mes doigts, ses yeux bleu délavé me scrutaient. J'étais maudit, comme Caïn, harcelé par des femmes. Celle sur papier glacé était morte, qu'était-il advenu de l'autre ?

Je sortis avenue de l'Opéra et l'écrasante beauté du Palais Garnier émergea, jamais je n'avais vu pareil bâtiment. Quand j'étais enfant, maman m'emmenait au Champ de Manœuvres, il y avait un grand bassin où je lâchais mes petits voiliers, tout près du Foyer civique, une imposante construction des années trente qu'alors je trouvais gigantesque. Ses bas-reliefs de femmes opulentes aux seins lourds sculptés par Paul Belmondo m'impressionnaient. Comparé à l'Opéra, il se recroquevillait dans ma mémoire, jusqu'à devenir minuscule.

J'allai jusqu'aux Tuileries. Les immeubles haussmanniens qui bordaient l'avenue ressemblaient à ceux de la rue Michelet, en plus sale, ils étaient couverts d'un enduit noirâtre, souillés par le charbon des froids hivers parisiens et le souffle des prolétaires qui, comme moi, venaient des bas quartiers.

Ceux d'Alger étaient si blancs…

Rue de Rivoli, je découvris les arcades du front de mer de ma ville natale, mais à la Méditerranée s'était substitué un jardin transi aux arbres décharnés. Je me souvins des promenades avec mon père dans le soleil d'Alger, avec pour seul horizon le bleu infini du ciel et de la mer. La préfecture néomauresque, la mairie et l'Aletti à l'architecture Art déco, le Palais consulaire un brin rococo, l'Amirauté et son phare turc, la

Casbah étaient de si beaux témoins de l'histoire de la ville, de sa diversité.

Je quittai ce jour-là le monde des souvenirs pour entrer dans celui de la nostalgie.

Le prestige de l'Algérie était immense, le combat victorieux contre l'oppression avait suscité l'admiration de tous et de nombreux hommes politiques étrangers se rendaient à Alger. C'était une étape obligée. Elle devint l'une des métropoles les plus en vue du tiers-monde. Nous soutenions les mouvements de libération des dernières colonies ; la plupart avaient un bureau dans la capitale algérienne.

La vie diplomatique était intense et mon père constamment invité. Il nous emmenait à toutes les réceptions. Nous aimions particulièrement celles de l'ambassade de Chine, dépaysantes et fastueuses.

La profusion de plats, en contradiction avec l'austérité de la Chine de l'époque, enchantait les invités. Nous avions tous en tête Mao Tsé-toung et Chou En-laï en bleu de travail à col Mao. Les membres des deux sexes du corps diplomatique chinois arboraient ce même uniforme. La débauche culinaire de la Chine impériale servait la politique étrangère de la Chine marxiste. Étonnant contraste que ce défilé ininterrompu de victuailles sophistiquées et ces hommes et femmes raides dans leur tenue bleu pétrole.

Les raviolis transparents succédaient au canard laqué livré en deux services, peau croustillante tout d'abord, puis chair fondante et crêpes de riz. Les petits bols fumants emplis de bœuf aux champignons noirs attiraient des foules. J'avais un faible pour les crevettes en sauce aigre-douce et le turbotin sauce huître. Je me souviens des œufs de cent ans, vulgairement appelés « œufs pourris », et de leur subtil goût de cacahuète. Je n'ai plus jamais retrouvé la finesse des glaces de l'ambassade de Chine, onctueuses et parfumées.

En comparaison, les réceptions de l'ambassade de France, Villa des Oliviers, étaient spartiates, comme si la France n'attendait plus rien de son ex-colonie. Je n'y allais que pour la vue exceptionnelle sur la baie d'Alger, incontestablement la plus belle de la ville.

Où que nous soyons, les buffets étaient pris d'assaut, y accéder relevait de la prouesse. Karim, mon petit frère, avait acquis une technique imparable dans l'art de les piller. Il nous gavait, mes sœurs et moi, de canapés, de mini-sandwichs et de petits-fours.

Rachid, haut fonctionnaire au ministère du Commerce, ne ratait aucune invitation, il détrôna bientôt Karim en matière d'approvisionnement et me fit une cour assidue.

Au début, cela m'agaçait. Pierre occupait encore toutes mes pensées, il n'y avait de place pour personne. Malgré tout, le groom de l'Aletti avait instillé le doute. Qu'insinuait-il en affirmant que Pierre ne méritait pas mes larmes ?

L'avait-il vu avec une autre ?

Les avait-il conduits à l'étage ?

C'était impossible, nous étions fusionnels, nulle n'aurait pu s'immiscer entre nous.

Voulait-il juste me faire comprendre que mes pleurs ne le ramèneraient pas ?

En un an je n'avais reçu aucune nouvelle, pas le moindre signe de vie, il s'était évaporé comme toutes mes copines de lycée.

Rachid m'amusait, il avait une mémoire prodigieuse et me déclamait des poèmes entiers la main sur le cœur, l'air inspiré, les narines palpitantes. Rimbaud, Verlaine, Apollinaire, Hugo, Musset, Éluard, Prévert, René Char et même Ronsard faisaient partie de son répertoire. Souvent, il venait me chercher à la fac dans sa R8 de fonction et nous sillonnions les routes de la si belle campagne algéroise aujourd'hui dévastée.

Je me souviens de notre première escapade, il m'emmena à Zéralda. À la sortie du village, il emprunta une route vers un lieu dénommé Le Plateau, défiguré depuis lors par de hideux HLM. J'aimais cet endroit verdoyant et paisible qui s'étendait à perte de vue. Des marguerites blanches à cœur noir, des chardons mauves, des oxalis innombrables piquetaient l'herbe. J'en arrachai deux et tendis l'une à Rachid. Il s'étonna quand il me vit croquer la tige surmontée d'une clochette jaune. Je grimaçai, comme toujours surprise par l'acidité de la plante.

— Goûte, dis-je.

Il fronça les sourcils :

— C'est quoi ?

— Une vinaigrette, c'est très bon tu verras.

Il mordilla précautionneusement, du bout des dents.

— Mais... c'est acide !

— Oui, c'est de l'acide oxalique, un poison...

Il cracha en me traitant de cinglée.

J'éclatai de rire.

Le soleil déclinait, une lumière dorée nous enveloppa. Plus haut, sur notre gauche une ferme coloniale en pierre de taille se teinta d'orange puis de rose. Au loin, la mer s'ensoleillait d'étoiles scintillantes et, à l'approche de la nuit, les oiseaux gagnaient en silence les arbres alentour.

Nous n'entendions que le vent.

Rachid, pour la première fois, me parla de son enfance dans le Constantinois, du soleil déclinant qui baignait les ruines romaines où il aimait jouer. Il y avait cette même lumière qui colore les pierres d'orange puis de rose, le même silence et le même vent, les mêmes oiseaux qui regagnent leurs nids sans un cri.

Et cette angoisse qui le saisissait parce que la nuit allait tomber et que les esprits de la nécropole, dont il avait cherché en vain les ossements tout l'après-midi, allaient bientôt surgir...

Alors, il prenait le petit chemin qui menait vers la ville et courait jusque chez lui, à perdre haleine.

Soudain, aux prises avec ses peurs enfantines, il saisit mon bras et m'entraîna vers la voiture. Regardant ma montre, je vis qu'il était 19 heures. Le temps avait passé si vite.

— Partons, dis-je, je dois être chez moi avant le dîner, sinon mes parents vont m'assassiner !

Rachid s'immisça peu à peu dans ma vie, jusqu'à la remplir. Je n'oubliais pas Pierre, il était enfoui en moi et, quand il pinçait mon cœur, j'avais le blues.

Jamais je ne ressentis avec Rachid l'attirance violente, animale, désespérée que j'éprouvais pour Pierre. Comme si j'avais la certitude qu'un jour tout finirait brutalement et qu'il disparaîtrait à jamais.

Cet amour était trop puissant, trop charnel, trop beau, il ne pouvait pas vivre.

Une passante avait dit un jour à mon propos :

— Cette enfant est trop belle, elle ne vivra pas.

Ma mère, outrée, l'avait injuriée et avait ouvert sa main droite :

— Cinq dans tes yeux !

La prédiction de l'inconnue se révéla fausse.

Ma mère avait conjuré le sort mais sa main avait détourné la malédiction sur mon premier amour et, comme la Belle au bois dormant, ma vie sentimentale s'était endormie pour cent ans.

Ma relation avec Rachid était douce, apaisante, sans contentieux ethnique ni politique. Il appelait tous les soirs ; invariablement ma mère ou mon père filtraient les appels, il était exclu qu'il m'ait directement. Une de ses sœurs me demandait puis me le passait.

Lorsqu'il partait en mission dans les villes de l'intérieur ou à l'étranger, il me manquait car il n'y avait plus d'intermédiaire possible. Pour entendre à nouveau sa voix, j'attendais son retour.

La suspicion perpétuelle de mes parents était insupportable et, si mes sœurs s'en accommodaient, développant des trésors d'ingéniosité pour dissimuler leurs liaisons, je me rebellais.

Toute mon adolescence, j'avais dû cacher ma relation avec Pierre, chuchotant avec lui sur le balcon, feignant l'indifférence quand je le croisais avec maman, l'ignorant sur la plage si mes parents étaient aux aguets, ne me confiant à personne, pas même à mes sœurs. Quand il passait me chercher au lycée Delacroix, je tremblais à l'idée que mon grand-père nous surprenne et s'empresse d'en informer mon père.

Je n'acceptais plus de me masquer encore, de justifier le moindre retard, la moindre odeur de cigarette sur mes vêtements ou mes cheveux, le moindre parfum suspect. Je le supportais d'autant moins que la sauvegarde de ma virginité n'était plus d'actualité. Les craintes de mes parents étaient désormais sans objet.

Un jour que ma mère était sortie, je donnai rendez-vous à Rachid au bas de la rue Maurice Ravel sous une bougainvillée rouge rubis que j'aimais depuis toujours. Cette ruelle piétonne, au bas de notre immeuble, longeait l'Institution Sainte-Élisabeth, elle était calme, ombragée, comme retranchée de la ville et propice aux rencontres discrètes.

Alors que nous n'avions échangé que quelques mots, je vis ma mère déboucher de la rue Daguerre. J'abandonnai Rachid, interloqué, et courus jusque chez moi. Je bloquai l'ascenseur au douzième étage pour ralentir maman. Arrivée dans ma chambre, en nage, je me déshabillai à la hâte, enfilai une gandoura et m'allongeai un livre à la main, priant le ciel qu'elle ne nous ait pas surpris.

Elle entra dans ma chambre sans frapper et, mutique, ouvrit la penderie, sortit le chemisier que je venais de ranger, l'inspecta, le respira, le toucha aux aisselles, cherchant des traces de transpiration qu'évidemment elle trouva.

Sûre de son fait, elle m'invectiva :

— Tu parles à des garçons dans la rue ?

— Qu'est-ce que tu racontes ?

— Ma fille donne rendez-vous à des hommes dans la rue !

— Je n'ai pas quitté la maison.

— Et en plus tu mens… Menteuse et putain… ma fille est une *kahba*, félicitations !

— J'en ai assez d'être surveillée. Si j'étais une putain, une *kahba* comme tu dis, c'est dans une chambre que j'irais, pas dans la rue. Je ne vais pas tomber enceinte parce que j'ai dit deux mots à un ami.

Elle me gifla, je criai alors :

— Tu veux que je m'en aille, que je quitte cette maison ?

Elle me regarda, méprisante :

— Eh bien, va-t'en si tu as où aller… En attendant, tu es chez nous et tu ne fréquentes pas de voyous, tu entends !

Je me souvins d'une anecdote racontée par ma grand-mère paternelle. Un matin, mon grand-père vit, de la rue, bouger le rideau de la chambre de sa fille. Il entra chez lui sans faire de bruit et la trouva à la fenêtre. Elle observait les passants. Il ferma la porte de la chambre à clé, ôta sa ceinture et la battit si fort qu'elle urina et que son urine passa sous la porte, sous l'œil affolé de mon aïeule qui craignait qu'il ne la tue.

La jeune sœur de cette tante osa affronter, vingt ans plus tard, mon grand-père. Ce devait être en 1945, elle était en terminale au lycée Fromentin d'Alger. Elle découvrait la philosophie avec Mlle Paris, enseignante charismatique adulée par ses élèves. Ses cours la subjuguaient et, de jour en jour, son attrait pour la raison et la liberté croissait. N'y tenant plus, elle fit irruption un soir dans le bureau de son père et lui déclara tout net :

— Je ne ferai plus le ramadan !

Très pieux, il la dévisagea, sidéré.

— Et pourquoi donc ?

— Je suis une adepte de la Raison, répondit-elle, et la Raison m'interdit de croire en l'irrationnel. La religion n'a aucun fondement rationnel, je ne peux pas avoir la foi. Je ne ferai donc plus carême.

— Qui t'a appris cela ?

— Ma prof de philo au lycée.

— Ah, c'est donc ça qu'on vous apprend en classe ? Tu demanderas à ta professeur si la raison explique le pourquoi du monde et si, en cas de malheur, de grande souffrance, la raison peut aider. Et de quoi d'autre a-t-elle parlé ?

— Des théories de Freud...

Au nom de Freud, mon grand-père poussa un cri et chassa sa fille de son bureau.

Je pensai, pour me consoler, que depuis la fin des années vingt, la société algérienne avait tout de même fait quelques progrès...

J'aimais ma mère. Elle était dévouée, s'inquiétant du moindre de nos bobos, rivalisant d'efforts pour nous faire plaisir, cuisinant matin et soir, se privant pour que nous soyons impeccablement habillés. Elle était belle, élégante malgré les moyens limités de mon père.

Orpheline, elle n'avait connu l'école que peu de temps, ses oncles maternels l'avaient élevée, c'est-à-dire exploitée : elle avait servi, jusqu'à son mariage, de bonne à tout faire à leurs épouses. Je détestais ces hommes gras et faussement affables qui, par cupidité, avaient frauduleusement déshérité leur nièce après l'avoir utilisée.

Maman était à l'écoute de nos maux physiques mais nous ne pouvions faire état de nos peines de cœur. Ce n'était pas une confidente et j'en souffrais. J'aurais aimé lui parler, ma passion pour Pierre était si pesante.

Dans nos familles, la sexualité féminine n'existait pas hors mariage et, tant que nous n'étions pas officiellement engagées, il était impensable d'en faire état.

Nous étions considérées comme des enfants alors que nous avions des corps et des désirs de femmes.

Une cousine, interdite de soirée dansante par sa mère – la tante qui avait été battue par mon grand-père –, s'insurgea un jour en ma présence :

— Je suis majeure et j'ai un quart de siècle !

— Un quart de siècle, avait ironisé sa mère avec un fort accent kabyle. Moi, j'ai un demi-siècle et je suis toujours voilée, estime-toi heureuse de sortir tête nue et de pouvoir regarder par la fenêtre.

Pour quelle société avais-je été éduquée, celle qui porte au pinacle la virginité, la sujétion à la religion ou celle des Lumières qui prône sans restriction les libertés individuelles après les avoir si scandaleusement bafouées en Algérie ?

Pour mon malheur, j'étais née dans un pays à cheval sur deux civilisations, tiraillée entre l'une et l'autre, le cul entre deux chaises.

Une zone frontière où s'affrontaient depuis des temps immémoriaux l'Orient et l'Occident, où les envahisseurs s'étaient succédé, tentant toujours d'éradiquer l'empreinte de leurs prédécesseurs. Rome avait semé du sel sur les ruines de Carthage, les Vandales avaient asservi les Romains, remplacé le catholicisme par l'arianisme, les Byzantins les avaient exterminés. Les Arabes et l'islam avaient effacé le christianisme et des siècles de présence latine, les Turcs avaient soumis le pays, les Français les en avaient chassés…

J'enviais ces contrées où la continuité historique avait permis l'émergence de sociétés stables et structurées, où parler une langue n'était pas un signe d'asservissement à une culture, où le vêtement n'était pas l'expression d'une religion, où la vie s'écoulait sans heurts ni passions dangereuses.

Quand j'informai Rachid de l'altercation avec ma mère, il me proposa de sécher les cours du lendemain. Il vint me chercher à la fac et nous allâmes à Chréa, une station de montagne à cinquante kilomètres d'Alger. Nous étions fin octobre et, en plaine, c'était encore l'été, mais à mille cinq cents mètres d'altitude l'automne avait déjà commencé, les feuilles des arbres jaunissaient et l'air était frais, des nuages orangés couraient dans le ciel. La station était déserte. Nous marchions depuis longtemps sous les cèdres quand brusquement Rachid s'arrêta et dit en saisissant mes deux mains :

— Tu veux ta liberté ? Épouse-moi !

— Tu es sérieux ? répondis-je, stupéfaite.

Notre relation se bornait alors à des coups de fil journaliers, des balades dans les environs d'Alger, nous ne nous étions jamais embrassés. Je n'avais jamais songé à l'épouser, le souvenir de Pierre m'interdisait tout avenir sentimental.

— Mes parents iront voir les tiens, poursuivit-il, on se fiancera dans quelques semaines et on se mariera dans un an ou deux si tu veux bien de moi. Ta nouvelle cage aura sa porte grande ouverte.

Je le fixai, il rougit comme si cette déclaration lui coûtait ; je n'imaginais pas qu'il m'aimait au point de s'engager sans être sûr de mes sentiments.

Nous allâmes jusqu'au versant sud de la montagne, un panorama magnifique de montagnes brûlées par l'été s'offrait dans le silence, les cèdres et les pins d'Alep embaumaient. Une lumière tendre baignait le paysage. Le désert minéral face à nous, prélude au Sahara, contrastait avec l'opulente forêt alentour.

Il m'avait émue.

— Qu'est-ce qui t'attire en moi ? demandai-je.

— Ta liberté, ton insolence... Jamais je ne pourrais aimer une potiche, une femme au foyer soumise.

— Tu m'aimes donc ?

— Oui et... comme personne...

— Cette liberté que tu apprécies tant, elle ne te fait pas peur ?

— Bien sûr que si !

— Tu as peur de souffrir ?

— Oui, mais je prends le risque... Aimer c'est aussi avoir mal.

— Alors, je vais commencer tout de suite à te faire souffrir.

— Tu ne m'aimes pas, c'est ça ?

— J'en ai aimé un autre.

— Qui ?

— Peu importe, il est sorti de ma vie.

— Et s'il revenait, tu l'aimerais encore ?

— Oui, sans aucun doute, mais il ne reviendra pas.

— Pourquoi ?

— Je ne veux pas en parler et n'en parlerai plus. Tu m'aimes libre, alors respecte ma liberté.

— Je la respecte.

— Tu la respecteras intégralement, dans toutes ses composantes ?

— Tu essaies de me dire quoi ?
— À toi de comprendre...
Il eut un moment d'hésitation :
— Le petit chat est mort... Tu n'es plus vierge, n'est-ce pas ?
Je soutins son regard sans répondre puis acquiesçai d'un signe de tête. Il prit ma main, la serra fort, si fort qu'il me fit mal. Il m'entraîna vers la voiture.

Près du parking, il y avait un marchand de beignets italiens, sa roulotte dégageait un arôme de vanille. Rachid en acheta deux, ils étaient chauds et moelleux, ma bouche se couvrit de cristaux de sucre. Quand je montai dans la R8, il passa l'index sur mes lèvres et le porta aux siennes.

Deux semaines après notre escapade à Chréa, les parents de Rachid rencontrèrent les miens pour demander ma main. Mon père ne donna pas de réponse, il souhaitait enquêter.

Il convoqua Rachid et le soumit à un questionnaire serré : où et quand m'avait-il connue ? Quelles études avait-il faites ? Où comptait-il habiter ? Quelles étaient ses ambitions ? Me laisserait-il étudier puis travailler ? Était-il sportif ? Fumait-il ?

Au terme de deux heures d'entretien au ministère, ils se séparèrent. Papa n'avait toujours pas donné son accord.

Je fus moi aussi soumise à un interrogatoire. Il me posa les mêmes questions sur les circonstances de notre rencontre. Il fut soulagé qu'une réception organisée par lui en ait été le cadre. Il avait ainsi une part de responsabilité. Il n'aurait pas apprécié un endroit malfamé tels un bar, un salon de thé ou, pire encore, la rue. Il contrôlait la situation.

Rachid avait fait bonne impression mais mon père était réticent. Je n'avais que dix-huit ans et commençais tout juste mes études supérieures.

— J'aimerais que tu termines ta médecine, dit-il, ce métier sera ton assurance pour l'avenir. Si ton mariage tourne mal, tu ne seras pas démunie. L'indépendance financière, pour une femme, c'est capital.

— Tu veux que j'attende six ans !

L'idée de supporter le carcan familial tout ce temps était inconcevable.

— Quand tu as épousé maman, objectai-je, elle avait à peine quinze ans, et ta mère onze quand on l'a donnée à grand-père.

Le matin de la noce, ma grand-mère jouait à la poupée. On la déguisa pour la fête sans qu'elle comprenne pourquoi. Le lendemain on l'emmena à Aokas chez son mari âgé de quinze ans. Elle fit la route de l'A'zib ou M'amar à ce petit village des alentours de Bougie en diligence. Quand elle arriva chez grand-père, elle se mit à pleurer, elle était si jeune, si frêle que son beau-père, attendri, la prit sur ses genoux pour la consoler.

Rachid était-il comme nous de famille maraboutique ? s'inquiéta ma mère.

Les marabouts sont l'équivalent des saints chrétiens, ils ont islamisé l'Afrique du Nord et sont vénérés partout. Leurs descendants entretiennent leurs mausolées, ils sont respectés par les populations et constituent une aristocratie religieuse.

Les mésalliances étaient réputées stériles, comme l'accouplement d'un âne et d'une jument. Dieu merci, l'ancêtre de Rachid était un célèbre marabout du Constantinois, que des foules révéraient.

Mes parents n'appréciaient pas que la plus jeune de leurs filles se marie avant les deux autres. La tradition voulait que l'aînée convole en premier. Un conseil de famille réunissant mes oncles et tantes paternels fut convoqué ; la plus jeune des sœurs de mon père, que Rachid avait rencontrée, plaida ma cause. L'adepte de Freud convainquit l'assemblée.

Je n'osais imaginer le scandale s'il s'était agi de Pierre.

Je tenais à me marier le plus vite possible. J'étais ainsi : sitôt une décision prise, je fonçais. J'étais soulagée, cette union mettrait un point final à ma liaison avec Pierre, je l'aimerais toujours mais sans espoir de me lier à lui. Ainsi, je mettais un terme à cette espérance stupide qui m'empêchait de vivre.

J'entrai en convalescence.

Ma mère constitua mon trousseau à la hâte, piochant dans ceux de mes deux sœurs puisqu'il y avait urgence. Elle fit broder mes initiales sur les nappes, les serviettes, les draps, les taies d'oreillers, les déshabillés vaporeux et les sous-vêtements.

Les essayages commencèrent : chez les sœurs Berlebach, deux vieilles couturières pieds-noirs du Télemly, pour la robe de mariée et les vêtements occidentaux, chez Bade'a pour les tenues traditionnelles. Les deux sœurs, d'une ponctualité militaire, respectèrent leurs engagements à la minute près. Bade'a était une artiste, il fallut la harceler, la menacer même pour que la veille de la cérémonie tout fût prêt.

Les jours qui précédèrent la fête, mes tantes et leurs enfants débarquèrent à la maison. Ma mère installa des matelas dans le séjour et nous dormîmes tous dans ce dortoir improvisé. Deux ans après l'indépendance, je plongeai sans voyager dans l'Algérie profonde.

Les femmes travaillaient toute la journée, confectionnant les gâteaux orientaux que les enfants emportaient à cuire sur de grandes plaques en aluminium chez le boulanger de la rue Daguerre ou de la Robertsau. Elles roulèrent des kilos de graines de couscous puis les firent sécher, dehors, à l'abri du soleil, sur des draps impeccablement blancs.

Elles chantaient et dansaient la nuit. Ma tante Safia, belle et opulente, une véritable Sofia Loren algérienne, électrisait ses belles-sœurs et ses nièces, elle jouait divinement de la derbouka et sa voix puissante nous remuait.

J'assistai aux premiers préparatifs de mariage de mon existence et compris soudain ce que le terme « gynécée » signifiait. Les hommes étaient en marge ; de temps à autre mon père passait une tête dans le séjour puis s'éclipsait, effrayé par les déhanchements de ses filles et de ses nièces.

Je ne sus qu'au dernier moment le lieu choisi par ma belle-famille pour le dîner de noces. Je l'appris, quinze jours avant, sur le carton d'invitation fièrement extirpé par Rachid de son porte-documents.

Le premier amour est-il vraiment le dernier ?

J'aime Pierre et l'aimerai toujours. J'avais écrit « aimerais », comme si mon amour était conditionnel. Mais non, justement, c'est un amour donné une fois pour toutes, indestructible. Une marque au fer rouge, indélébile, cuisante à jamais, sur une chair et une âme vierges, sans passé ni nostalgie.

Peut-on aimer deux hommes à la fois ?

Assurément oui, j'aimais Rachid, mais d'un amour autre. J'aimais sa présence, ses attentions. Le sentiment fou qu'il avait pour moi me touchait. Son amour débordait, m'agrippait, me bouleversait et m'asservissait.

Pourrais-je faire l'amour avec lui ?

Quand il m'embrassait, je dressais une muraille autour de nous, chassais l'Inès du passé et maintenais Pierre à distance. J'éprouvais alors du plaisir avec cet homme prêt à tout pour me conquérir.

De son désir naquit mon désir.

Quand il me vit pâlir à la lecture du carton d'invitation, il s'inquiéta :

— Il y a un problème ?

— Pourquoi l'Aletti ?

— C'est là que nous nous sommes rencontrés, c'est un joli clin d'œil à la destinée.

Un clin d'œil, assurément…

Je ne pus exiger d'autre lieu, tout était organisé.

Cette nuit-là il me faudrait ériger une muraille démesurée.

Je garde un souvenir amer de mon mariage à l'Aletti, du regard du liftier roux qui nous conduisit, mes sœurs, ma mère et moi, au troisième étage. Et, comme si le sort s'acharnait, la chambre 310 nous avait été attribuée. Elle était envahie de fleurs blanches et leur parfum écrasant saturait l'espace. Des roses, des tubéreuses et des lys virginaux fleurissaient le tombeau de ma virginité.

Dans la penderie, ma mère disposa les sept tenues que je devais porter. Je me prêtai comme un automate au défilé de mode dont j'étais le seul et unique mannequin, je ne me souviens pas d'avoir souri une seule fois.

Et pourtant la fête était belle, les plus grands artistes chantèrent pour moi, Rabah Driassa, Saloua et Fadila Dziria.

La jeune fille d'avril 1962 gâchait tout.

Je passai ma nuit de noces sur le balcon à contempler les lumières du port, à suivre du regard les rares passants qui s'engouffraient sous les arcades du front de mer, à méditer sur le sens de l'histoire.

Quand, vers 2 heures du matin, Rachid vint se lover contre moi, je me raidis. Il murmura alors à mon oreille :

— Tu l'aimes toujours…

— L'Aletti n'était pas une bonne idée.

— Tu en as de si mauvais souvenirs ?

Je ne répondis pas.

— Je ne te demande rien, poursuivit-il, je serai patient… Je sais que ce soir tu ne pourras pas…

Il me laissa attendre le jour et se coucha.

Je pensai à mon hymen défloré ici même au printemps 1962. Hymen était le dieu grec du mariage. Ainsi, l'hymen chez les Grecs était de nature divine. Sans lui, pas de mariage.

C'est un simple voile, il se rompt lors du premier rapport. Il n'a aucune utilité physiologique, n'offre aucune protection mais c'est le ciment de notre société. Il est nimbé de poésie et son inutilité prouve son essence divine.

Pourquoi Dieu a-t-Il créé ce rideau qui n'attend que la déchirure ?

L'inutilité affirme-t-elle avec force l'existence de Dieu ?

Les mystères qui nous dépassent sont-ils les signes de Sa puissance ?

L'islam devrait peut-être s'appeler *kaluma*, le voile, car les musulmans aiment ces voiles qui protègent ce qui doit être caché.

Le voile déchiré par Pierre n'était pas inutile.

Il avait révélé l'amour de Rachid. Sans cette membrane lacérée, je n'aurais jamais eu la certitude de son attachement.

Pierre avait ouvert une brèche où Rachid s'était engouffré.

Depuis lors, il envahissait ma vie et me redonnait le goût du bonheur.

Comme avant, la brise marine chargée d'iode gonfla les voilages intacts de la fenêtre de la chambre 310. Bientôt elle pousserait vers de nouvelles terres les voiliers du port aux ailes blanches déployées.

Quand le soleil embrasa le fil de l'horizon, chassée par le froid, je rentrai et m'assis face au lit. Je regardai Rachid, émue, il était endormi et son beau visage serein, sans nuages.

La puissance de son amour avait balayé sa déception.

Rachid

Je voulus nous mettre à l'épreuve.
Nous éprouver.

Pour notre mariage, je choisis à dessein l'hôtel Aletti et la chambre 310.

Ce jour-là, nous fûmes trois.

Elle passa la nuit dans ses bras, face à la fenêtre, caressée par la brise qui montait du port, cernée de voiles mouvants qui s'entrouvraient parfois.

Je sentais sa douleur, elle vivait une deuxième fois un bonheur disparu à jamais.

Je regrettai ma cruauté, j'avais gâché ce qui aurait dû être notre plus joli souvenir.

Il le fallait pourtant.

Si elle n'avait pu quitter Pierre, elle m'aurait abandonné.

Si mon amour avait été faillible, j'aurais fui.

Au petit matin, comprenant que le passé était mort, drapée dans son absence, elle s'allongea tout contre moi.

Mohand

C'était une très belle fête. J'ai passé la journée et la nuit à monter et descendre des hommes en costume, des femmes parfumées, maquillées, en robe de soirée ou gandoura. Je l'ai vue, elle, plus belle que jamais, mais elle ne semblait pas heureuse.

Elle m'a ignoré toute la soirée et nous savions tous les deux pourquoi.

Je ne pensais pas avoir autant d'importance dans sa vie.

Quelle idée de se marier ici et de prendre la chambre 310 pour la nuit de noces !

Je me demande si elle l'a fait exprès ou si c'est lui.

Je l'ai reconnu : c'est l'homme qui m'avait interrogé le jour de la réception du ministre. Je l'avais pris pour un gars de la sécurité militaire.

Je n'en revenais pas, il l'épousait alors qu'il savait tout.

Vraiment, quel amour il avait pour elle !

Jamais je n'aurais pu me marier avec une fille pas vierge.

Quand j'ai vu tout ce luxe, toutes ces fleurs, l'orchestre, les chanteurs, les chanteuses et les danseuses, j'ai pensé à mon mariage et j'ai pleuré. C'était un tout petit mariage, moi qui rêvais d'un grand.

J'étais sûr qu'après l'indépendance j'allais devenir riche. J'ai eu tout faux. Je suis devenu plus pauvre, les gens fortunés avaient déserté l'hôtel et les nouveaux clients ne donnaient quasiment plus de pourboires. Pour financer la noce, non seulement j'ai dû demander une avance sur salaire, mais j'ai emprunté de l'argent aux copains. Tout ça pour une fête merdique sans chanteuses ni danseuses. Heureusement, une cousine à la jolie voix avait apporté sa derbouka, ça a mis un peu d'ambiance.

On a installé les femmes sur la terrasse et les hommes à la cave, il faisait chaud, c'était l'été, du coup la chaudière était éteinte. Pour que ce soit moins sinistre, j'avais déguisé la terrasse et la cave avec des boules et des guirlandes. Quand les Martinez, mes voisins de palier, sont partis en juin 1962, ils ont jeté leurs décorations de Noël à la poubelle, je les ai récupérées en me disant que ça servirait peut-être un jour. J'ai accroché les plus belles chez les femmes, les électriques qui clignotent et les boules de cristal.

Nous n'avons servi que du couscous, des fruits et des gâteaux arabes. Comme boisson, il y avait de la *gazouz,* de la limonade blanche ou du Selecto.

Eux, c'était magnifique, un long défilé de plats… Dès que je pouvais, j'allais regarder ; ils ont servi de la chorba pour commencer, ensuite des boulettes de viande en sauce, après des pruneaux avec de l'épaule d'agneau et pour finir un énorme couscous au poulet.

On trouvait tous les alcools possibles dans un bar discret attenant à la grande salle.

Au dessert, non seulement il y avait des pastèques, du melon, des raisins, mais aussi des fruits du monde entier, des ananas, des mangues, des bananes, des papayes. Les tables croulaient sous les gâteaux de chez nous et les pâtisseries françaises. Le clou, ce fut la pièce montée, immense, une pyramide de choux remplis de crème pâtissière avec au sommet un couple en plastique, lui en frac, elle en robe de mariée.

J'en avais vu, de belles fêtes avant l'indépendance, mais jamais une comme celle-là, avec autant de plats, de fruits, de gâteaux, autant de joie et de luxe.

À croire que de nouveaux colons avaient remplacé les anciens. Comme eux, ils étalaient une richesse incroyable, et plus encore.

Quand les tantes de la mariée ont déballé les cadeaux, j'ai été ébloui, je voyais de loin scintiller l'or et les pierres, la ceinture de louis d'or, la rivière de diamants, le bracelet d'émeraudes, les bagues et les colliers.

Moi, je n'avais presque rien acheté et ma pauvre Zahra avait dû se contenter d'un bracelet semainier et d'une paire de boucles d'oreilles en argent.

Inès était splendide, une reine. Elle s'était changée six fois, ses tenues étaient plus belles les unes que les autres. Des caracos, des cafetans, des djellabas constantinoises au tissu brodé d'or et d'argent. Une robe de mariée aérienne en mousseline légère. Elle était sublime et Dieu sait si, à l'Aletti, j'en avais vu, des mannequins et des beautés.

Elle avait quelque chose de plus que les autres, elle ressemblait à une statue, elle ne souriait pas, elle était enfermée dans un monde inaccessible, détachée du réel et c'est ça qui la rendait extraordinaire.

Elle avait une beauté tragique, celle des déesses grecques qui décoraient le grand escalier de l'hôtel.

Elle n'était pas heureuse.

1996

Rachid

Quand je sortis du pavillon Pierre-et-Marie-Curie, le centre anticancéreux d'Alger, je libérai mon chauffeur, je voulais être seul, profiter de la douceur d'un après-midi de printemps au cœur de l'hiver. Le soleil dissiperait peut-être le froid qui m'avait soudain glacé : cancer du côlon, le gastro-entérologue avait été formel.

Avais-je une chance de guérir ?

Il m'avait envoyé en pleine figure un pourcentage de survie à cinq ans : 30 %, tout au plus 40 %.

— Vous comprenez, avait-il ajouté, c'est à cause des métastases hépatiques. Ici, aucun chirurgien ne prendra le risque de les extirper. C'est trop dangereux, elles sont proches des gros vaisseaux. Si vous pouvez obtenir une prise en charge à l'étranger, faites-vous opérer en France, j'ai de très bons correspondants là-bas.

Il avait griffonné quelques noms sur une ordonnance et me l'avait tendue.

Un mur se dressait désormais entre la vie et moi. Mon unité de temps avait changé, mon avenir ne se chiffrait plus en années mais en semaines. Trois décennies après l'indépendance, le cancer qui rongeait mon pays s'était insinué en moi.

J'allai jusqu'à la place du 1er-Mai. Quand nous venions à Alger avec mes parents, nous rendions visite à une tante qui habitait au Champ de Manœuvres. Pour ne pas arriver les mains vides, ma mère achetait des gâteaux dégoulinants de crème dans une pâtisserie-confiserie qui donnait sur la place. Elle se situait rue de Lyon, sous les arcades, elle a disparu aujourd'hui. Près du Foyer civique s'étend un grand bassin, sale et vide désormais. Un bateau qui ressemblait à un remorqueur y était ancré, on l'appelait « le pitalugue ». Avec d'autres enfants, je grimpais sur le parapet de béton qui faisait office de quai et montais à bord. Nous partions en croisière moyennant une pièce de cinq francs jetée dans la cheminée de l'embarcation. Les parents massés autour du quai agitaient des mouchoirs en criant : « Bon voyage ! » Au moment d'appareiller, une angoisse enfantine s'emparait de moi, la crainte du voyage sans retour. Elle s'apaisait dès que je posais un pied à terre.

Depuis le verdict du médecin, je revis cette même terreur : le pitalugue m'entraînera bientôt sur le Styx et je n'aurai droit qu'à un aller simple. Je ne jetterai pas la pièce de cinq francs dans la cheminée ; Inès la glissera sous ma langue pour payer Charon, le batelier des Enfers. Je prie Dieu pour qu'elle n'oublie pas, je ne veux pas errer cent ans sur les berges du fleuve infernal.

« La sortie de la vie commence un peu avant la mort. On se sent couvert d'ombre », écrivait Victor Hugo.

Le Champ de Manœuvres était le paradis des enfants et mon paradis à moi ; quand je quittais le pitalugue, je fonçais vers le manège, de l'autre côté du boulevard Charles Lutaud, pour enfourcher un cheval de bois. Le pompon rouge nous narguait. Si nous parvenions à l'attraper, ce qui était rare tant il s'agitait, nous avions droit à un tour gratuit. Le déclic du bouton-pression quand le pompon se détachait m'emplissait de joie : j'avais réussi, j'étais le meilleur !

J'aimais par-dessus tout le petit train bleu et blanc sur monorail de la gare de Montmirail, attenante au Foyer civique. Des panneaux y affichaient plusieurs destinations : Honolulu par Beni Messous, Vladivostok par les tournants de Rovigo, La Bassetta par Singapour. Je l'empruntais autant que mon argent de poche me le permettait. J'oubliais alors Constantine, la ville austère où j'habitais.

La nuit tomba.

Je n'avais pas peur de mourir, j'avais peur d'abandonner Inès et les enfants. Dans l'Algérie suppliciée des années 1990, qui les protégerait ? Là était ma crainte de la mort.

J'allai rue Hassiba Ben Bouali, en direction de la Grande Poste, une rue que j'arpentais souvent avec Inès avant notre mariage. Nous faisions une halte au siège de l'Union nationale des étudiants algériens pour prendre un café ; c'était une ruche, une jeunesse enthousiaste y bâtissait en paroles l'Algérie de demain. L'UNEA a disparu sous Boumediene, en 1971. Trop progressiste, trop laïque à son goût. En 1963, elle avait remplacé l'Union générale des étudiants musulmans algériens ; la référence à l'islam avait été volontairement gommée, au grand dam de Ben Bella. Sa dissolution fit partie des mesures qui ouvrirent la porte aux islamistes.

Je prie tous les jours pour qu'Inès n'en soit pas la cible : elle ne prend aucune précaution lorsqu'elle circule. Je l'ai suppliée de porter le foulard, du moins au volant. En vain. Si l'Algérie bascule, que deviendra-t-elle ?

Et, soudain, une révélation, une évidence et, à l'accablement, se substitua l'apaisement. Je ferai à Inès un dernier cadeau, éternel, tel un diamant, je lui donnerai une ultime preuve d'amour.

L'idée me vint entre le Maurétania, siège d'Air France avant le terrorisme, et les Galeries algériennes. Aux États-Unis, des entreprises de pompes funèbres proposent une crémation à leurs clients, suivie d'une transmutation du carbone de leurs cendres en diamant…

Sur le trajet du retour, je décidai de faire une halte à l'hôtel Aletti. Toute ma vie défilait. Je voulus voir, pour la dernière fois peut-être, ce bel endormi chargé de souvenirs.

Le hall était désert. Elle était loin, l'agitation des années qui suivirent l'indépendance. Je me souvins du Festival panafricain, en juillet 1969 ; alors que l'Amérique alunissait, Alger avait été pour quelques jours une capitale afro-américaine. Tout ce que l'Afrique et les États-Unis comptaient de stars avait investi la ville. Partout des chants, des danses, des rires. La joie ! Dans les rues, des danseuses noires aux seins nus côtoyaient les femmes en haïk blanc. À l'Aletti, on croisait Nina Simone, Archie Shepp, Myriam Makeba, son mari Carmichael, chef des Blacks Panthers, et leur bébé…

J'avais emmené Inès écouter les meilleurs artistes, admirer les plus beaux ballets. Dix jours durant, ce fut une orgie de sons, de couleurs, de corps et de magie. Alger, féerique, croulait sous les lumières, les rythmes africains, les éclats de jazz, les applaudissements, les rires et les cris enthousiastes, et quand le dernier soir nous étions allés au Cap Matifou, de l'autre côté de la baie, contempler le feu d'artifice de clôture, j'avais eu le sentiment que la ville disait adieu à son passé, et l'image de Pline le Jeune fasciné par l'éruption du Vésuve s'était imposée. Comme à Pompéi, le monde d'avant s'effaçait dans les rouges, les verts et les bleus de boules incandescentes.

Un vieux groom avait remplacé le jeune Kabyle des années 1960. Sa tenue négligée était à l'image de l'ancien palace.

Nos regards se croisèrent, il me fixa avec insistance.

Je glissai dans sa main un billet de deux cents dinars et le priai de me conduire à la 310.

Quand il ouvrit la porte, une odeur de renfermé viciait l'air, elle avait chassé le lourd parfum des tubéreuses de notre nuit de noces.

Le vieil homme se précipita sur la fenêtre pour aérer la pièce. Dans sa hâte, il accrocha un pan de son habit au dossier d'une chaise et perdit un bouton doré qui ne tenait qu'à un fil. Je le ramassai discrètement et le glissai dans ma poche.

L'air marin envahit bientôt la chambre et je revis Inès face à la fenêtre, dans les bras de son amour perdu.

Mohand

Il ne m'a pas reconnu, moi si.

Il avait l'air fatigué, toujours une belle tête mais les traits tirés. Il doit beaucoup travailler, c'était déjà quelqu'un d'important quand je l'ai connu. Il a voulu voir la chambre de sa nuit de noces et m'a donné deux cents dinars. J'étais content, j'allais pouvoir acheter de la viande, Zahra me ferait un bon couscous. L'agneau, c'est tellement cher qu'on n'en mange qu'une fois par mois. Les autres pays avancent ; nous on recule, je ne sais pas pourquoi, c'est comme s'il y avait une malédiction sur nous.

J'ai eu honte quand j'ai ouvert la 310. Ça sentait le moisi à cause d'une fuite dans la salle de bains. J'ai couru ouvrir la fenêtre pour aérer, ça puait trop. Pour un pèlerinage, ça la foutait mal. Une nuit de noces, en général, c'est ce qu'on a de plus beau dans une vie, et là le souvenir était gâché par l'odeur.

La mienne, je l'ai passée à Hussein Dey, dans un appartement prêté par un ami. Chez moi, c'était trop petit ; la famille était venue du bled, il n'y avait aucune intimité et je ne voulais pas montrer le drap taché de sang après la consommation. On ne sait jamais, en principe j'étais sûr de Zahra, mais moi j'aurais pu

Quand, quelques jours plus tard, j'informa gastro-entérologue que mon chirurgien serait Pie Leroy, il s'étonna :

— Il est très bien mais ce n'est pas le meilleur. Pourquoi ce choix ?

— C'est lui que je veux.

— Vous devez avoir de bonnes raisons mais, je me permets d'insister, il y a mieux sur la place de Paris.

— Sûrement, mais ma décision est prise.

— Il est pied-noir… et ce n'est pas un ami de l'Algérie. Il refuse systématiquement les invitations de l'Académie de médecine algérienne. On dit même qu'il a milité dans des organisations d'extrême droite hostiles à notre pays.

— Je sais tout ça, mais pour nous, c'est la personne idéale.

— Je ne comprends pas.

— Vous me parlez du meilleur geste technique, celui qui améliorera mon taux de survie de quelques points. Au mieux, je passerai de 30 à 35 %. Moi, je vous parle d'un geste providentiel que lui seul pourra accomplir. Son taux de réussite, si je ne me trompe pas, avoisinera les 100 %, et c'est tout ce qui m'importe.

avoir une panne ; c'est arrivé à un cousin et il a eu la honte de sa vie.

Depuis bien longtemps on n'exhibe plus cette preuve de virginité chez les bourgeois. Heureusement pour Inès.

C'est fou comme cette chambre a marqué leur vie à tous les deux. Moi, il ne m'est jamais venu à l'idée de retourner chez mon copain, à Hussein Dey. Il faut dire que son logement n'a rien à voir avec l'hôtel Aletti. Les beaux endroits, ça donne de beaux souvenirs, de ceux qu'on aime retrouver. Tout est toujours question d'argent… La belle mémoire, ça s'achète aussi.

Je n'ai pas osé lui parler d'Inès. Il m'intimide, comme tous ces gens de pouvoir qui peuvent vous briser d'une seule parole. Pourtant, j'aurais bien aimé avoir des nouvelles de sa femme. Je ne l'ai jamais oubliée, elle est tellement belle, c'est une extraterrestre. On se demande pourquoi la destinée l'a jetée en Algérie. Elle n'y est pas à sa place, elle aurait dû naître dans un royaume pour épouser un roi et devenir reine.

Pierre

Ce matin, un haut fonctionnaire algérien m'a consulté pour un cancer colique récemment découvert. Bel homme, impeccablement habillé, expression française parfaite, le visage à peine marqué par la maladie.

— J'ai des troubles du transit depuis un an, m'a-t-il dit. Ma femme, qui est médecin, a pris six rendez-vous pour moi, mais trop de boulot, pas le temps.

— C'est elle qui vous envoie ?

— Non, non, elle ne sait rien… Il y a un mois, j'ai eu du sang dans les selles… Coloscopie en urgence, scanner et boum, la mauvaise nouvelle.

— Vous n'allez pas pouvoir cacher ça longtemps…

Mais, pour le moment, il ne voulait rien lui dire.

— Qui vous envoie ?

— Un ami chirurgien.

— Avez-vous une prise en charge de la Sécurité sociale algérienne ?

— Oui.

— C'est une intervention lourde. Il y a deux métastases hépatiques, mais elles sont résécables. Vous aurez une chimiothérapie après l'opération.

J'ai tendu une ordonnance.

— Faites le bilan prescrit puis consultez l'anesthésiste. Je vous reverrai dans quinze jours et vous opérerai dans la foulée. Il ne faut pas perdre plus de temps.

Il m'a écouté, détaché, presque indifférent. Après les informations d'usage, nous avons brièvement parlé de l'Algérie.

— J'y suis né, ai-je dit.

— Ma famille est de Constantine.

— J'en suis parti le 11 avril 62.

— Vous n'y êtes jamais retourné ?

— Non… Et là ce n'est pas vraiment le moment…

— Ce qui nous arrive est terrible, mais nous faisons face, on va s'en sortir.

L'Académie de médecine algérienne m'a invité plusieurs fois à Alger, Oran ou Constantine. J'ai toujours décliné – trop douloureux. J'ai tenté cent fois de me raisonner, en invoquant le cours de l'Histoire, le droit des peuples à disposer d'eux-mêmes, l'émancipation inéluctable des colonies, mais la raison n'a aucune prise sur mes sentiments, et mes souvenirs d'adolescent sont toujours aussi cuisants.

En regardant cet homme contraint de traverser la Méditerranée pour se soigner, comme des milliers de ses compatriotes, je n'ai pu m'empêcher de juger. Autrefois, la faculté de médecine d'Alger était la deuxième de France et ses enseignants exceptionnels…

Dès le mot « Algérie » prononcé, la machine se met en branle, une pompe aspirante qui, invariablement, me fait perdre pied. Plus de trente ans après, la blessure saigne encore.

Inès

Je suis épuisée.

Depuis le début de l'insurrection islamiste, en décembre 1991, les gardes à l'hôpital sont un cauchemar. Hier, j'ai recousu deux têtes d'hommes décapités. Certains médecins refusent, moi j'accepte toujours. L'idée que les familles soient confrontées à une double peine m'est intolérable. Alors je m'applique. Je ne fais pas de points séparés, je préfère le surjet intradermique. Ainsi, la blessure se réduit à une ligne presque invisible.

Jamais je n'aurais pensé qu'un jour je réparerais les morts, que je deviendrais thanatopractrice, que toutes ces années d'études, cette longue pratique de la chirurgie me conduiraient là.

À dix-sept ans, j'avais de mon pays une vision idéale, littéraire, abstraite : la beauté farouche de ses paysages, son peuple admirable, sa société éclatée soudée par la guerre de libération et la certitude d'un avenir radieux. Je vivais dans un monde à part, surprotégé, en marge. J'étais une actrice sur un piédestal, je contemplais, distraite, une foule de figurants anonymes.

Nous passions nos week-ends à Moretti, une station balnéaire à vingt-cinq kilomètres d'Alger, dans une maison bordée de champs de marguerites. C'était doux, chaleureux. Nous recevions nos amis et bâtissions le monde de demain dans la fumée des barbecues. L'après-midi, nous allions jusqu'à la mer et lisions sur le sable clair les derniers romans français, *Un peu de soleil dans l'eau froide* de Sagan, *La Disgrâce* de Nicole Avril, ou quelque revue futile qui nous transportait à peu de frais sur l'autre rive de la Méditerranée. En fin de journée, nous marchions jusqu'au centre commercial construit par Fernand Pouillon. C'était un forum ouvert sur la mer, avec des coupoles, des pans de murs couverts d'azulejos aux tons bleus qui donnaient à l'endroit une touche orientale. Un champignon blanc abritait un snack. On y dégustait des tournedos Rossini ! Dans une succursale de La Genevoise d'Alger nous achetions des millefeuilles, des roulés au citron ou une bombe glacée pour le dîner. Je sentais bien que ce n'était pas la vraie vie.

Mes premières années d'études avaient été ennuyeuses ; j'apprenais les bases théoriques de mon futur métier, mathématiques, physique, chimie, biochimie… Je vivais toujours dans l'abstraction.

Les premiers stages hospitaliers, en revanche, me dévoilèrent la réalité du pays : sa pauvreté, sa violence, le mépris de ceux qui détenaient un peu de pouvoir pour ce qu'ils appelaient dédaigneusement « le peuple », *ach chaâb*. Je découvris avec effroi les maternités débordées, la crasse, les matelas souillés, dépourvus de draps, sur lesquels les accouchées dormaient tête-bêche, les salles d'attente submergées, les urgences surpeuplées, les gardes sans moyens, les pénuries, et la mort faute du bon traitement au bon moment.

J'avais honte, mon existence dans la ouate était une injustice.

Avec mes maigres moyens d'étudiante sans connaissances, je tentais de soulager, d'apporter du réconfort. En quelques mois, mon arabe approximatif s'enrichit. Je pus bientôt converser sans entraves avec mes patients et pénétrer la véritable Algérie.

Je n'ai pas vu passer ces trente dernières années. Mes grossesses, la naissance de ma fille et de mon fils furent de fugaces intermèdes dans une vie dédiée aux malades. J'avais besoin de mes patients pour vivre, j'étais fusionnelle avec eux comme je l'avais été jadis avec Pierre. Je m'en rends compte à présent : ce n'est pas Rachid qui a remplacé Pierre, mais ces femmes, ces hommes, ces enfants aux regards effrayés et implorants. Je suis heureuse quand, après la contre-visite, je m'assois près d'eux pour parler. Je me souviens alors de mes échanges avec Pierre sur le balcon de notre immeuble, à la tombée de la nuit, dans l'intimité de la pénombre.

À la maison, on m'appelle « la femme pressée ». Leïla et Amine ont souffert de mes absences, ils détestent l'hôpital et mon métier. Quand je partais travailler, Leïla s'accrochait à moi en hurlant : « Pas l'hôpital, reste ici ! »

Ces derniers mois, Rachid a maigri, il m'inquiète, je l'ai supplié de consulter, j'ai pris plusieurs rendez-vous mais il ne s'y rend jamais, prétextant le manque de temps.

— Ce n'est rien, dit-il pour me rassurer. J'ai tellement de boulot que je ne mange plus à midi… Normal que je perde du poids.

Ce matin, il suggère que nous passions dix jours à Paris.

— Je suis fatigué et toi aussi, argumente-t-il, faisons un break.

Devant ma moue dubitative, il insiste, je perçois de la détresse dans ses yeux.

J'accepte.

Nous marchons dans les rues de Paris, sans crainte, sans tourner la tête au moindre bruit, de peur d'être suivis, agressés, abattus. Il fait si bon ; la vie s'écoule, insouciante, sur les trottoirs, les terrasses de café bigarrées.

C'est beau, une femme qui fume, un peu triste, les cheveux en liberté. Je m'arrête et la regarde comme une extraterrestre. Une fumée bleutée l'auréole, elle est dans le soleil, face à son café. Elle oublie peut-être un chagrin d'amour, inconsciente de son bonheur. Vingt ans que je n'ai pas fait comme elle. La dernière fois ce devait être au Club des Pins.

Paris a changé. J'y étais venue en 1958 avec mes parents. J'ai le souvenir de façades noires, de monuments imposants couverts de suie, de gens impeccablement habillés, les hommes en costume, les femmes en tailleur, d'une jeunesse sage, sans extravagance.

Aujourd'hui, les passants sont moins chics, jeans, T-shirts et baskets sont les nouveaux attributs de la jeunesse mondialisée. Des chevelures rouges, parfois vertes, ponctuent la foule. Je suis frappée par le nombre d'Asiatiques, d'Africains et de Maghrébins. Il n'y avait pas une telle diversité dans les années cinquante.

Les rues sont propres, les trottoirs impeccables. Nul besoin de surveiller où l'on met les pieds pour éviter les ornières et la foulure. Les magasins crachent leur richesse insolente comme à Alger avant l'indépendance.

Cela fait des lustres que je n'ai pas voyagé, je n'en voyais plus l'utilité. Je ne voulais pas recevoir la paix, l'opulence et le bonheur du reste du monde en pleine figure.

En 1963, nous avions passé l'été en Suisse. Tout était si calme, ordonné, rassurant ; les chalets croulaient sous les fleurs et, par grand beau temps, des pédalos insouciants glissaient sur des lacs bleu acier. Des siècles sans guerre, sans massacres, avaient façonné un peuple avenant, désarmant. Aucune dureté sur les visages, des sourires au moindre prétexte et les accents chantants du canton de Vaud et du Valais. J'adorais les expressions surannées qui ponctuaient les conversations :

Mais faites seulement...
Vous serez déçue en bien...

J'ai tellement aimé ce pays ! Je m'accrochais à lui comme à une bouée aux pires moments que traversait le mien. Oui, la sérénité existait, je l'avais rencontrée dans un petit village au-dessus de Martigny, à Chemin-Dessus. Je me souviens de balades en forêt sous les mélèzes, de feux allumés pour griller des croûtes au fromage, de l'odeur de résine mêlée à celle du pain, d'après-midi à paresser au bord de la piscine municipale, de plongeons dans l'eau glacée, du chlore qui imprégnait ma peau, de nos bikinis délavés, des paquets de chips à cinquante centimes et des esquimaux à vingt les deux en promo, « en action » comme ils disent là-bas, des retours à Chemin-Dessus en bus postal, avec Zouzou, le fils de la postière, pour conducteur. Si nous avions un peu de retard, il nous attendait. Je ne lui étais pas indifférente, il avait d'ailleurs dit à sa mère : « J'épouserais bien une Algérienne ! »

La Suisse était un paradis.

Mon Dieu, pourquoi cette injustice ? Qu'avaient fait nos ancêtres pour mériter une si sanglante histoire ?

Ce soir, nous dînons au Jules Verne. Paris étale ses fastes, ses monuments étincelants comme des gemmes ; la Seine brille de lumières incertaines et changeantes, elles tremblent à l'approche d'une péniche, se brouillent puis forment une traîne scintillante. Le métro aérien chemine comme une procession de vers luisants avant de pénétrer la pierre.

Rachid est heureux, mes émerveillements de petite fille le comblent. Je veux profiter de cette parenthèse magique, vivre pleinement l'instant. Je fais abstraction du passé, du futur pour n'être qu'une funambule qui, du deuxième étage de la tour Eiffel, s'élance vers la lumière sur un fil fragile.

Je ferme les yeux. Est-ce cela le bonheur ?

Un instant volé, une absence fugitive.

Rachid sourit, il me connaît si bien, il sait ce que je ressens à cet instant précis. Je me sens coupable de ne pas l'aimer comme il m'aime, de ne pas l'entourer comme il m'entoure. J'ai survolé ma vie, je l'ai usée dans les blocs opératoires, les salles de garde et les dispensaires. Ma survie était à ce prix.

Il est pâle, ses traits sont tirés. Je m'inquiète soudain.

— Tu ne me caches rien, n'est-ce pas ?

— Tu vas être contente, répond-il, j'ai enfin pris rendez-vous... Demain à 10 heures. J'aimerais que tu m'accompagnes.

Pierre

J'ai revu en consultation le haut fonctionnaire algérien. Il m'avait informé la veille, par téléphone, qu'il viendrait avec son épouse.

Je l'ai immédiatement reconnue. Elle n'a rien laissé paraître, n'a manifesté aucune surprise, son visage était neutre, d'une neutralité glaciale.

Avait-elle conseillé à son mari de me consulter ?

Non, c'était impossible, je ne la sentais pas capable d'un tel guet-apens.

Était-ce le fait du simple hasard ?

Mes mains s'agitèrent et, très vite, ma blouse s'imbiba de sueur. Tant d'images, de souvenirs et de chagrins m'assaillaient. Je fis mine de me concentrer sur mon ordinateur, pour retrouver une contenance. Loin d'atténuer mon trouble, cette tentative l'amplifia : en fond d'écran surgit une photo de la baie d'Alger prise depuis notre immeuble au début des années soixante. Ce cliché était dans le portefeuille de mon père. Maman l'avait trouvé après sa mort. Je l'ai scanné. La prise est floue mais elle m'émeut toujours. C'est le décor de notre amour. Tous les soirs nous nous retrouvions face à la ville blanche, face aux lumières des bateaux qui zébraient la mer.

Je les regardai enfin, l'un après l'autre, je ne voulais pas les associer dans mon regard, je refusais qu'ils soient un couple. Le temps s'était arrêté en avril 1962, nos vies auraient dû se figer.

Elle est belle, aussi belle qu'avant, mais d'une beauté plus humaine. L'ovale de son visage est intact. Quelques rides adoucissent ses traits, ses lèvres sont crispées, peut-être moins pulpeuses, ses yeux verts me troublent toujours. Ils sont tristes, ils ne l'étaient pas.

Un oiseau pépiait à la fenêtre, des enfants jouaient dans la cour du collège voisin, c'était la récréation. Les écoliers m'évoquèrent ceux de la rue La Fayette, au bas de notre immeuble ; ils interrompaient nos palabres et nous les regardions courir en tous sens.

Inès esquissa un sourire, je supposai qu'il était complice.

Je ne pus parler qu'au bout de plusieurs minutes. Je m'efforçai de contrôler ma voix, de ne plus trembler, partagé entre joie et culpabilité.

— Vous êtes médecin à Alger ?

— Oui, chirurgien viscéral… Comme vous.

— Savez-vous de quoi souffre votre époux ?

— Non… Voilà des mois que je le pousse à consulter, sans succès.

— J'aimerais vous montrer son scanner sur l'ordinateur.

Elle se leva, vint près de moi, je sentis son parfum. Alger étalait sa beauté intacte sur l'écran et nous la contemplâmes tous les deux, comme avant. Son visage n'exprima rien. Toutefois, elle leva un court instant son regard vers Rachid. Il ne se doutait de rien. Rassurée, elle s'approcha de moi, me touchant presque. Je devinai sa peau.

J'attendis quelques secondes puis cliquai sur le fichier *Rachid Benahmed*. Quelques images apparurent.

— Tumeur colique droite… métastases hépatiques segment V et VII, commentai-je. J'ai prévu une hémicolectomie et l'exérèse des deux métas.

— Quand ?

— Demain.

Inès fouilla dans son sac, en extirpa des lunettes de soleil, masqua ses yeux qui s'embuaient, informa son mari qu'elle l'attendrait dans le hall, me salua et sortit. Dans l'encadrement de la porte, elle s'arrêta un instant et tourna la tête vers moi. Elle était belle comme une statue antique prête à tomber en poussière.

J'aurais voulu bondir, attraper son bras, la retenir, la réconforter, lui crier que jamais je n'avais cessé de l'aimer, que je sauverais l'homme qui partageait sa vie et que je l'aimerais toujours…

Je n'eus pas cette audace.

Inès

Sur la porte du cabinet, on pouvait lire : *Professeur Pierre Leroy, chirurgien.* Il me sembla avoir mal vu, mes yeux me jouaient un tour, ils avaient battu les lettres en une anagramme maléfique pour me tirer vers le passé.

Mais non, je n'étais pas victime d'une illusion.

Leroy… Ces voyelles et ces consonnes avaient bercé mon enfance et mon adolescence ; dès que je sortais de l'appartement du Télemly, elles s'affichaient sur la porte d'en face, synonymes de Pierre, de tendresse, de sensualité et de bonheur. Au rez-de-chaussée, nos boîtes aux lettres étaient voisines et nos noms, gravés en majuscules sur du plexiglas, se frôlaient presque. Je rêvais qu'ils s'enlacent un jour.

Leroy… Ce patronyme ruinait brutalement la citadelle où je m'étais réfugiée et, bientôt, Pierre s'échapperait du caveau où je l'avais relégué.

Depuis dix minutes mon cœur dérapait. Mes sentiments étaient intacts !

La probabilité que Rachid l'ait consulté par hasard était voisine de zéro. Certes, il était réputé – depuis quelques années, je lisais des articles de lui dans les grandes revues scientifiques –, mais pas assez pour qu'un étranger le choisisse en premier recours.

J'interrogeai Rachid.

— Qui te l'a recommandé ?

— Le ministre.

— Un chirurgien spécialisé en cancérologie pour de simples troubles du transit ?

— Il a dit qu'il saurait m'orienter… Ils sont amis.

Je savais qu'il mentait, je ne voulus pas le torturer. Une sensation inconnue me broya : le désarroi. Je craignais le pire pour Rachid ; Pierre était à deux pas de ma vie et je craignais le pire pour nous.

Je vidai ma tête et concentrai mon attention sur ma respiration, je n'étais plus qu'une machine à inspirer, à expirer. J'oubliai ainsi le drame qui se nouait.

Quand la porte du cabinet s'ouvrit, j'avais seize ans, j'étais à Moretti, un vendeur d'oublies agitait sa crécelle et criait : « Zoublies, zoublies ! » Je somnolais, bercée par le bruit des vagues, dans la chaleur d'un été algérien, allongée sur le sable brûlant.

Pierre m'a reconnue immédiatement, je n'ai vu aucune interrogation sur son visage, aucune hésitation. Juste de la stupeur. Il nous a fait asseoir puis s'est réfugié derrière l'écran de son ordinateur, prétextant l'envoi d'un courriel urgent.

Sa candeur arrogante avait cédé place à la sévérité, ses traits étaient durs. Peut-être à cause de moi ? Quand je regarde les rares photos qui me restent de lui, je vois du défi dans ses sourires et, dans ses attitudes, la morgue du jeune pied-noir sûr de son bon droit.

Quand il m'a enfin fixée, j'ai retrouvé le bleu de ses yeux et la douceur qui me désarmaient. Ses sentiments étaient-ils intacts, comme les miens ? Son amour avait-il survécu ?

Une cloche a retenti, un brouhaha d'enfants joyeux a bousculé le silence. Ce tumulte, commun à toutes les écoles du monde, me transporta aussitôt rue La Fayette, au bas de notre immeuble. Certains après-midi, quand nous n'avions pas cours, nous nous retrouvions, Pierre et moi, sur nos balcons. Pendant la récréation, des gamins en tablier bleu envahissaient la cour en criant, heureux de leur liberté retrouvée.

J'ai ébauché un sourire.

Pierre s'est décidé à parler. Il l'a fait d'une voix clinique qui se voulait détachée, étrangère.

— Vous êtes médecin à Alger ?

— Oui, chirurgien viscéral…

Je n'ai pas pu m'empêcher d'ajouter « comme vous », pour lui rappeler que la chirurgie était notre rêve commun. Un vieil oncle médecin lui avait cédé sa bibliothèque, il y piochait des livres qu'il me prêtait, pour conforter ma vocation.

— Savez-vous de quoi souffre votre époux ?

— Non… Voilà des mois que je le pousse à consulter, sans succès.

— J'aimerais vous montrer son scanner sur l'ordinateur.

Je suis allée près de lui. En fond d'écran s'étalait une photo d'Alger prise de notre immeuble, probablement de chez lui. Il l'a laissée affichée un long moment, en souvenir des heures passées ensemble face à la baie. Troublée, j'ai fixé Rachid. Absorbé par ses pensées, il ne nous prêtait aucune attention.

Quand Pierre a cliqué sur le dossier de Rachid, je me suis approchée de lui, instinctivement.

Des images terribles sont apparues, Rachid était condamné et nous entrions dans le malheur.

J'ai à peine entendu Pierre énoncer le programme à venir :

— Hémicolectomie droite, exérèse des deux métas hépatiques.

— Quand ? ai-je balbutié.

— Demain.

J'ai caché mes yeux, je ne voulais pas qu'ils me voient pleurer. Alors, pour ne pas m'effondrer devant eux, je suis sortie précipitamment, je me suis réfugiée dans le hall.

Rachid

Quand elle vit sur la plaque qui j'allais consulter, Inès m'interrogea. Qui avait bien pu me conseiller ce chirurgien spécialisé en cancérologie ? Quand je répondis que c'était le ministre, elle ne me crut pas et se cloîtra dans le silence.

Elle était mal, elle fermait les yeux pour s'extraire de la réalité. À l'angoisse de retrouver le passé s'ajoutait l'inquiétude. Elle vivait, je crois, le pire moment de sa vie. Je m'en voulus de lui imposer une telle épreuve, mais j'en avais mesuré toutes les conséquences. Je m'étais souvenu d'une phrase de Marguerite Duras à laquelle je souscrivais pleinement : « La douleur est une solution à la douleur, comme un deuxième amour. »

Oui, seul l'amour pourrait la sauver.

Pierre était une ombre entre nous, mais la maladie, en quelques jours, avait balayé des années de jalousie et de souffrance.

Nous ne parlions jamais de nos anciennes liaisons, de ce qui s'était passé avant. Les rares fois où j'avais abordé le sujet, elle m'avait opposé un mutisme absolu, me faisant comprendre que je violais son intimité. Alors, j'ai accepté de ne pas être le premier, de vivre avec des questions sans réponse et de la partager.

Le liftier de l'hôtel Aletti m'avait tout raconté et je savais tout de Pierre Leroy.

Année après année, je l'avais suivi. La Sécurité militaire algérienne a de bons informateurs. Il était divorcé depuis quelques années, sa femme était partie avec un autre, il n'avait pas d'enfant et vivait seul dans une rue tranquille du Quartier latin.

Quand ils se virent, Inès ne laissa rien paraître de son trouble, pas plus que lui. Nous étions trois masques face à face. Elle le suivit derrière son bureau pour commenter mon scanner, je me concentrai alors sur une latte de parquet disjointe, je ne voulais pas les voir côte à côte, c'était trop douloureux.

Je n'étais pas encore mort.

À l'énoncé du diagnostic, elle masqua ses yeux. Je regrettai d'avoir été négligent, de la faire souffrir. Elle sortit pour qu'on ne la voie pas pleurer. Pierre, visiblement ému, se réfugia derrière son écran. Au bout de quelques minutes, il se leva et dit :

— Soyez dans le service en fin d'après-midi, je vous opère demain à 8 heures.

Peut-être n'avais-je vécu que pour ce passage de témoin ? La destinée m'avait confié Inès, le voyage touchait à sa fin, bientôt nous allions débarquer. Après tout, je n'avais été qu'un intermède de trente ans.

Dans le hall de l'hôpital, je pris son bras sans rien dire. Nous marchâmes longtemps, jusqu'à l'Opéra

Garnier, ses statues ruisselaient d'or et de lumière. Je n'y étais jamais entré et, pensai-je, un peu triste, n'y entrerais jamais. Il était trop tard. Un oncle n'avait plus planté d'arbres après ses soixante ans, certain de ne pas les voir grandir.

Il y a comme ça des certitudes douloureuses.

Je ne voulus pas gâcher ces quelques heures avec Inès. Je chassai les mauvaises pensées et l'entraînai au Café de la Paix. À Alger, en semaine, nous ne déjeunions jamais ensemble. Notre dernier repas en tête à tête remontait à trois ans ; elle assistait à un congrès à l'Aurassi, j'avais rendez-vous au ministère de la Défense tout proche, nous nous étions retrouvés dans un des restaurants de l'hôtel. Notre table faisait face à la baie, la mer était sans rides, comme un visage d'enfant, le ciel sans nuages, des washingtonias balançaient leur crinière avec élégance, une enfilade d'immeubles blancs Art déco descendait jusqu'au port et, au loin, à peine visibles dans la brume de chaleur teintée d'ocre, les montagnes bleutées de l'Atlas. C'était beau, tout semblait si paisible. La veille, un attentat islamiste avait fait des dizaines de morts en plein centre-ville.

— Je pourrais demander un poste à l'étranger, avais-je dit, la vie est de plus en plus dure à Alger.

— Inutile, avait-elle répliqué, je ne partirai jamais. Ce pays a besoin de nous. Tu voudrais qu'on l'abandonne aux barbus ?

Je n'aurais pas dû l'écouter, j'aurais dû la forcer à me suivre.

Les plafonds du Café de la Paix étaient magnifiques, j'ai laissé mon regard se perdre dans le bleu de ses cieux festonnés de nuages.

Tout était feutré, apaisant. J'ai rompu le silence.

— J'ai tout organisé, la villa est à ton nom... J'ai transféré tous mes avoirs sur ton compte.

— Pourquoi as-tu fait ça ?

— Tu es médecin, tu as vu mon scanner, tu sais ce qu'il en est. Inutile de faire semblant. Je ne veux pas que tu sois dans la gêne... Cette idée m'obsède. Tu aimerais qu'après ma mort mes frères héritent de tout ? Tu sais ce qu'il en est des successions en Algérie, du statut de la femme. Tu es protégée maintenant, et les enfants aussi. Même si je suis sûr que tout va bien se passer demain, j'ai joué la prudence.

Elle n'a pas commenté. Pour la première fois, je l'ai sentie fragile, désemparée. Elle n'avait pas quitté ses lunettes de soleil et, de temps à autre, passait un mouchoir sur ses joues.

Je parlai ensuite du passé, du Centre culturel universitaire de la rue Charras, le CCU, tenu par les jésuites, où elle potassait ses cours d'internat. Je la rejoignais à la buvette, entre midi et deux heures, nous nous régalions de petits plats que mitonnait Carmen, la cuisinière espagnole.

Nous sortions beaucoup le soir avant la naissance des enfants, il y avait jadis plein de bons restaurants à Alger, des petits et des grands, Le Roseau qui chante, La Nouvelle Étoile, Chez Catherine à Hydra, Le Baron, Soliveres à Bab El Oued, où nous mangions des paellas gargantuesques arrosées de vin rosé. Tout a été foudroyé... Son restaurant préféré était le vietnamien près du lycée Victor-Hugo, elle adorait les soupes parfumées à la coriandre et les nems enrobés de menthe. Il a disparu lui aussi.

Je lui fis remarquer que notre quotidien s'était rétréci, que nous n'avions plus de vie sociale et que le couvre-feu nous calfeutrait. Ce n'était qu'un soubresaut de l'Histoire, rétorqua-t-elle, elle avait foi en notre pays, tout s'arrangerait bientôt et je guérirais très vite. Pour ce qui était de l'Algérie, elle n'avait probablement pas tort, je me souvenais d'une phrase de Marguerite Yourcenar dans *Quoi ? L'éternité* : « Les événements politiques qui nous ont fait horreur et ont failli nous entraîner dans leur ressac se succèdent et s'annulent comme les brisants sur une plage. On finit par se rendre compte qu'on a affaire au rythme des choses. »

Quand, à l'hôtel, elle m'a proposé son aide pour boucler mon bagage, j'ai décliné. Je n'avais rien à y mettre, je n'avais plus envie de vivre. Cette valise serait à l'image de mon avenir : vide, une valise de condamné. Un pyjama pour ce soir, un tube de dentifrice, une brosse à dents, de la mousse à raser et un rasoir. Je ne voulais pas souffrir pour survivre quelques mois dans la déchéance. La chimiothérapie me faisait peur, ma plus proche cousine en avait subi une, j'avais gardé d'elle le souvenir d'un cadavre vivant, émacié, sans cheveux, les yeux creux et hagards.

J'avais fait mon temps.

J'ai refusé qu'elle m'accompagne à l'hôpital, je souhaitais qu'elle ne conserve en mémoire de cette journée terrible que les dorures du Café de la Paix, la serveuse affable en robe noire et tablier blanc, les plafonds éthérés du restaurant, le steak tartare, les frites croustillantes et, loin dans le passé, le sourire de Carmen au CCU, le parfum de la coriandre chez Madame Jean, la Vietnamienne de la place Victor Hugo et tout mon amour pour elle.

Avant de sortir, je mis dans sa main une vieille pièce de cinq francs qui n'avait plus cours. J'en avais demandé une à ma sœur, elle servait encore dans l'ascenseur de son immeuble. Insérée dans un boîtier, elle était l'obole qui déclenchait le voyage vertical. Surprise, Inès examina la monnaie d'aluminium à tête de Marianne et s'exclama :

— Pourquoi me donnes-tu ça ?

— Quand je mourrai… dans bien longtemps… tu la glisseras sous ma langue. Pour payer Charon, le batelier des Enfers… Pour un aller sans retour, pour mon dernier voyage horizontal…

Inès

Je voulais rentrer à l'hôtel, m'allonger près de lui et le serrer si fort qu'il n'aurait pu s'échapper. J'aurais concentré toute mon énergie sur le crabe qui le rongeait et l'aurais anéanti. J'aurais jeté sur lui toute l'énergie du monde pour contrer celle du désespoir.

Je vacillais. Le roc sur lequel j'avais bâti mes certitudes se délitait. Rachid avait accepté mes silences, respecté ma liberté. Il était là, toujours ; si je trébuchais sa main me soutenait, et voilà qu'il lâchait prise.

On s'habitue aux êtres, leur présence semble acquise. Le petit refrain du quotidien, la routine sont les partitions du bonheur. J'étais coupable d'indifférence, j'avais vécu à distance, comme un chat, dans la douce certitude d'un amour éternel. Il était bienveillant, ne me reprochait rien. Heureux de partager ma vie, il pardonnait mes gardes à l'hôpital, mes jours et mes nuits loin de lui et des enfants, mon absence affective, mes trahisons quotidiennes quand les souvenirs anciens m'enfermaient dans le silence. Il savait qu'un manque insatiable me dévorait et que je m'étourdissais pour le combler, que je n'avais jamais quitté Pierre, que cet amour d'adolescence m'avait emprisonnée et que, désespérée, derrière les barreaux de ma cellule algéroise, je l'attendais toujours. Et même si parfois la victoire de l'oubli semblait proche, ce n'était qu'un mirage qui s'évanouissait au premier coin de rue, au premier témoin de notre histoire passée. Une bougainvillée, l'éclat du soleil sur la mer, les bigaradiers de la rue La Fayette…

Comment lui faire comprendre en quelques heures qu'il était le paquebot auquel j'avais arrimé le frêle esquif de ma vie, le fanal sans lequel j'aurais sombré ?

Il ne m'a pas laissée parler, il avait tant de choses à dire. Il voulait montrer une dernière fois l'étendue de ses sentiments, comme s'il était nécessaire de prouver encore et encore ce que je savais depuis le premier jour.

Nous nous sommes attablés au Café de la Paix, dans la magnificence du Second Empire. J'imaginais ce que serait l'Algérie si le Royaume arabe de Napoléon III avait vu le jour, si la IIIe République, de sinistre mémoire, était restée dans les limbes, si Bismarck avait porté son regard au-delà du XIXe siècle. Probablement un pays d'or et de lumière, comme les superbes décors qui nous entouraient.

Il a parlé de succession, persuadé qu'il allait mourir demain. Il ne supportait pas l'idée que je sois livrée à sa famille, dépouillée. Je n'avais jamais imaginé pareille éventualité, mes rapports avec ses proches étaient cordiaux, à défaut d'être chaleureux. Il avait probablement raison. L'argent est le fossoyeur des sentiments. Mon père n'avait rien, il ne nous a légué que son éducation, ses principes, sa droiture et des souvenirs. Son héritage n'a engendré aucun contentieux.

Je ne concevais pas la vie sans Rachid, l'énoncé de son testament était d'une insoutenable cruauté.

Après avoir évoqué la mort, il a parlé de la vie, de notre vie passée, des années heureuses où nous sortions chaque soir. Bizarrement, les seuls lieux qui ont marqué ma mémoire sont ouverts sur la mer, j'ai occulté les autres. Certes, j'éprouvais du plaisir dans le petit restaurant vietnamien de la place Victor Hugo, mais le souvenir que j'en ai gardé n'est pas le sien. Les endroits que j'aimais faisaient face à la baie, en souvenir, probablement, des heures passées avec Pierre sur nos balcons du Télemly, comme un appel à la fuite vers ce Nord qui me l'avait arraché.

La Méditerranée, irisée de lumières, le lent ballet des mâts dans les ports de plaisance, le cliquetis des gréements, le mugissement triste des sirènes de bateaux, le cri d'une mouette égarée dans la nuit, son froufrou immaculé dans le rai d'un projecteur, les étoiles glacées qui piquetaient le ciel, le murmure des voix écoutées non pour les paroles mais pour la musique, en écho à celle de Pierre, tout cela composait un fabuleux décor à ce manque si doux qui ne voulait pas mourir.

Oui, j'ai aimé notre déjeuner surprise à l'Aurassi dans les bleus mêlés du ciel et de la mer. Oui, j'ai la nostalgie brûlante des soirées au Yacht Club face au somptueux spectacle d'Alger déversant sur la baie ses flots de maisons et d'immeubles blancs aux fenêtres scintillantes, des dîners à la Madrague chez Sauveur, juste après nos fiançailles, sous les néons blafards qui me faisaient douter de ses paroles quand il disait que j'étais belle à craquer, dans le bruit, les rires et la fumée des Craven A de la SNTA, la Société nationale des tabacs et allumettes, achetées avec les neuf cents dinars de la bourse trimestrielle.

Nous partions à la nuit tombée avec Rachid, Nadira, Anissa et Wahiba, mes copines de fac, dans la vieille 403 de mon père, je conduisais, les trois filles étaient derrière, Rachid à côté de moi, et on chantait n'importe quoi, El Anka, Jean Ferrat, « Que la montagne est belle », Adamo, « Tombe la neige » – « Ce soyeux cortège, tout en larmes blanches » –, « Watani Habibi » – qui se souvient aujourd'hui de « Watani Habibi » ?

On était jeunes, on était heureux, on avait piqué du fric à nos parents pour s'offrir des crevettes grillées et une bouteille de rosé. Rachid ne buvait pas encore, il commandait une grande bouteille de Selecto, une limonade brune parfumée à la pomme, et suivait d'un œil amusé la hausse de mon alcoolémie et le débit accéléré de mes paroles. J'oubliais… Nous étions belles, Anissa avait les yeux soulignés de khôl, des yeux comme des poissons de Baya, elle souriait et ses dents étaient parfaites. Des fenêtres on voyait le noir de la mer et les chalutiers qui s'en allaient pêcher vers le nord…

Rachid parlait du bled de son enfance, de l'automne, des brumes opaques sur les champs de blé, des pluies violentes qui battaient la campagne alors que nous étions écrasés par les premières chaleurs de l'été. Il avait la nostalgie de Constantine, du Rhummel qui bouillonnait en hiver au fond des gorges, de sa famille, de ses copains de lycée.

Je pensais à tout cela alors qu'il évoquait Le Roseau qui chante, Le Baron, La Nouvelle Étoile et tous les lieux de notre jeunesse. Je pensais à ma blessure encore béante et à tout l'amour qu'il avait donné pour tenter de me guérir.

Rachid

Il m'opère dans quelques heures. Quelles pensées agitent cet homme ?

J'imagine qu'il ne dort pas. Comme moi.

La privation de sommeil lui donnera-t-elle cette acuité, cette excitation qui rend les gestes plus précis, la parole plus acérée ? Il aura ma vie au bout de ses doigts, au bout de son trouble. Décidera-t-il de la prolonger ou d'y mettre un terme ?

Éprouve-t-il toujours la haine de l'Arabe, celle qui l'a mené à l'OAS ? Voit-il en ma mort l'occasion inespérée de retrouver Inès ? Aura-t-il cette grandeur qui transcende la jalousie, pour prolonger le bonheur d'un autre au mépris du sien ?

Sa passion pour Inès est peut-être morte. Elle n'est peut-être plus qu'un souvenir exotique, une belle indigène déflorée dans un splendide écrin colonial.

Peut-être ne sera-t-il plus, dans quelques heures, qu'un chirurgien sans passé, concentré sur mon foie, mes tripes, un technicien sans affect tentant de faire au mieux dans le méandre de mes viscères ?

J'ai tout retardé au maximum. Pourquoi ?

L'ai-je fait pour Inès, pour mettre un terme à cette attente qu'elle porte comme une croix ?

Je sais tout depuis toujours.

J'ai aimé cette femme dès la première seconde, malgré ce voile obscur, cette distance infranchissable, cette absence d'elle-même.

Un voleur a subtilisé son âme et, depuis lors, désespérée, elle erre.

Tout l'amour que j'ai prodigué n'a jamais tué l'homme invisible qu'elle porte en elle. Bien sûr, les apparences sont sauves, une famille, des enfants, l'aisance matérielle…

Que pouvais-je faire ?

Nous sommes dans l'urgence, et c'est fou ce qu'elle donne de lucidité. L'urgence du temps compté, l'urgence du chaos politique de notre pays qu'un illuminé peut anéantir à tout moment. Inès est une cible idéale, ils ont assassiné tant de femmes à son image, de si parfaits symboles.

Il fallait que j'exhume ce bonheur enfoui en elle, ce bonheur que je n'ai jamais réussi à extirper. Ce sera aussi le mien. Ce projet fou, déterminé, m'apaise comme le candidat au suicide dont la douleur et la peur s'évanouissent sitôt sa décision prise. Cet acte est peut-être la quintessence de l'égoïsme, un remède implacable pour bannir le désespoir avant la mort.

Je joue le jeu.

Il m'opérera, je partirai…

Qu'importe, c'est mon choix.

Ce sera mon ultime secret, mon ultime preuve d'amour.

Pierre

Tout ce que j'ai oublié, refoulé, haï, pour ne plus aimer, tout ce que j'ai méthodiquement détruit, tout ce sel que j'ai semé pour que rien ne repousse jamais, toutes ces bombes que j'ai posées, réelles ou virtuelles, pour que l'Algérie ne soit plus que terre brûlée, tous ces efforts désespérés ont été réduits à néant.

Alger me brûle en retour, elle danse dans la nuit, tous les fantômes sont là, ils me narguent, et je ne sais pourquoi c'est le parc de Galland qui cerne mon lit, ses allées d'acanthes, ses chemins ombragés et son bassin où des poissons tournaient incessamment sous les yeux amusés d'Inès. « Imagine, disait-elle, qu'ils soient toi et moi. » Elle discourait alors sur notre vie, insouciante, à nager sans nous presser au pied des papyrus qui dressaient leurs couronnes étoilées vers le ciel, à paresser entre deux eaux, baignés de lumière tamisée, côte à côte dans un éternel printemps. Je l'embrassais alors, non sans m'être assuré, d'un regard circulaire, que personne ne nous surprendrait.

Ces baisers sont douloureux, ils sont la mémoire d'un pays englouti qu'un magicien malveillant a brutalement remis à flot.

Je ne peux m'empêcher de penser à la chanson de Juliette Gréco, qui m'avait fait si mal en 1966 et qui, ce soir, me fait encore plus mal :

Un petit poisson, un petit oiseau
S'aimaient d'amour tendre
Mais comment s'y prendre
Quand on est dans l'eau ?

Je n'aurais jamais dû accepter d'opérer l'homme qui partage sa vie. Je n'ai pas la neutralité nécessaire. Demain, je le confierai à mon meilleur assistant, je dirai qu'un imprévu de dernière minute m'y contraint.

Sera-t-elle déçue ou soulagée ?

M'estime-t-elle capable d'une deuxième trahison ?

Quand je suis entré dans la chambre de Rachid pour l'informer de mon désistement, il ne dormait pas, il attendait. Comme s'il pressentait ce que j'allais lui dire, il a ouvert le tiroir de sa table de nuit, en a sorti une photo et me l'a tendue.

C'était une vue panoramique d'Alger prise du dixième étage du Foyer universitaire algérois, probablement de l'appartement d'Inès. Je l'ai regardée longtemps, on voyait la flèche du Sacré-Cœur, dernière construction de l'Algérie française et, au loin, vers Diar-es-Saâda, le mausolée du Martyr, premier monument de l'Algérie algérienne. La ville n'avait pas changé et la mer outremer, où nos yeux s'égaraient, baignait toujours son port.

— Vous avez pris ce cliché chez Inès, n'est-ce pas ?

— Oui...

— Pourquoi ?

— Pour vous l'offrir, a-t-il dit en souriant tristement.

Il a glissé dans ma main un bouton doré frappé d'une fleur de lys.

Devant ma surprise, il a évoqué le groom de l'Aletti, son uniforme rouge et or, l'efficacité des services secrets algériens. Au bout de quelques minutes, il m'a imploré :

— J'ai besoin de vous demain, de vos deux mains… pour moi… et pour elle.

Désarmé, j'ai répondu d'une voix mal assurée :

— À demain.

Inès

Je n'ai pu m'assoupir qu'aux premières lueurs du jour, après une nuit passée à le chercher à tâtons, à quêter ce qui me réconfortait depuis qu'il partageait ma vie. Son épaule, sa chaleur, le rythme feutré de sa respiration.

J'ai repoussé Pierre, chassé le passé, occulté mes seize premières années et, comme cela ne suffisait pas, les trente-deux suivantes. J'avais honte de cet amour jamais éteint qui, plus acharné que jamais, me torturait alors que Rachid était au terme de sa vie.

Je n'ai pas entendu le réveil, un bruit d'aspirateur dans le couloir m'a tirée du sommeil.

Mon Dieu, il était 8 heures, si tard…

Je voulais le voir avant l'opération, lui dire ces mots que je n'avais jamais prononcés, le rassurer, poser ma main sur sa peau et sentir sa vie, respirer son parfum, m'en rassasier, entendre sa voix, ses paroles qui m'apaisent toujours.

Je me suis habillée et j'ai couru jusqu'au métro. Vite, il fallait faire vite, Pierre l'opérait dans vingt minutes. Plus je courais et plus le temps passait. J'en pleurais de rage, j'étais nulle, je ne le méritais pas et ne l'avais jamais mérité.

Arrivée à la porte du bloc opératoire, j'ai supplié un brancardier :

— Je voudrais voir M. Benahmed avant qu'on ne l'endorme, dites au chirurgien et à l'anesthésiste d'attendre… s'il vous plaît… Je suis sa femme…

J'étais pitoyable, en larmes et en sueur, habillée de guingois, les cheveux épars, une poupée désarticulée, abandonnée par son squelette.

La surveillante m'a conduite au vestiaire, j'ai enfilé une tenue verte, des chaussons de papier, rassemblé ma chevelure sous un calot et posé une bavette sur mon visage.

— Nous avons pris du retard ce matin, m'a-t-elle expliqué, le scialytique ne fonctionnait plus, votre mari ne dort pas encore. Le professeur Leroy a accepté que vous rentriez en salle… C'est une faveur qu'il n'accorde jamais… Ne vous attardez pas.

Rachid était allongé sur la table d'opération. Quand je me suis penchée sur lui et qu'il a vu mes yeux, il a souri :

— Je me disais bien qu'il manquait quelque chose ce matin… Je n'arrivais pas à trouver quoi.

— Pardon, ai-je répondu, je me suis endormie à 5 heures, je n'ai pas entendu le réveil…

J'ai posé ma main sur sa joue. D'ordinaire il mettait la sienne sur la mienne, mais là il était entravé, alors il a tourné la tête et ses lèvres ont effleuré mes doigts. Il y avait dans ses yeux une telle douceur que je n'ai pu soutenir son regard. Je n'ai rien pu dire, j'ai seulement esquissé un au revoir.

Au bout de la salle d'autres yeux me scrutaient. Ceux de Pierre.

Je suis allée attendre Rachid dans sa chambre. Sa petite valise noire était là, contre le mur, tout près de la table de nuit, minuscule témoin de vie. Il avait tout rangé, le lit était fait, seul flottait, indicible, son parfum. Rachid se résumait désormais à ça : un bagage anonyme, une fragrance évanescente. J'imaginai le bistouri à l'assaut de son ventre et j'en ressentis la morsure.

Je pensai à Moretti, aux après-midi d'été où, après le travail, il me rejoignait sur la plage. Les enfants jouaient près de moi, à peine l'avaient-ils vu qu'ils criaient « Papa, papa ! ».

Je levais la tête : la mer s'étalait à l'infini, le soleil commençait à fléchir, la lumière était moins brutale. Il s'agenouillait pour m'embrasser et, très vite, après deux ou trois baisers volés, se levait, courait vers les vagues scintillantes et plongeait. Il nageait vers un banc de sable qu'il appelait « la banquise », son crawl était impeccable et sa peau hâlée luisait comme celle d'un lutteur couvert d'huile. Arrivé à destination, aux trois quarts hors de l'eau, il agitait les bras et m'invitait à le rejoindre.

Par la magie du souvenir, je l'avais extrait d'une table d'opération éclaboussée de néons blafards, neuf étages plus bas, et projeté sur les rives éblouissantes de la Méditerranée, dans une Algérie encore baignée de paix.

Au même instant, un esprit pervers fit surgir Pierre sur la plage inondée de soleil et, presque superposés, les deux hommes de ma vie se détachaient sur les bleus entremêlés de l'eau et du ciel.

Dans cette chambre anonyme où tant d'hommes et de femmes avaient défilé, des questions m'obsédaient. Des cordes, sans doute, qui m'accrochaient à la vie.

Pourquoi le corps de Pierre adolescent me troublait-il encore ?

Par quelle alchimie la seule idée de son torse nu, sur le balcon du Télemly, m'enflammait-elle toujours ?

Pour quelle obscure raison la nudité de Rachid n'éveillait-elle en moi que de la tendresse ?

Pouvait-on aimer deux hommes à la fois ?

Pouvait-on aimer différemment ?

L'amour passion et l'amour raison avaient ravagé ma vie.

Les heures passaient, la pluie s'était mise à tomber. La tête posée sur la vitre poussiéreuse qui dévoilait au loin une banlieue triste et grise, j'étais toujours à Moretti, dans la douce chaleur d'une fin d'après-midi d'été.

Une main se posa sur mon épaule, je la reconnus aussitôt. Comme autrefois, ses doigts jouaient sur ma peau une partition originale composée quand nous étions enfants. Ils pianotaient une musique légère, vieille de quarante ans. Je fermai les yeux, je n'étais plus au bord de la mer mais dans les ruelles ombragées d'Alger qui bordaient le Télemly.

Il n'avait pas oublié et mon corps avait gardé intact le souvenir de cette mélodie tendre.

— J'ai eu du mal, dit-il enfin.

Je tournai la tête. Son visage était las.

— Il a beaucoup saigné, je n'arrivais pas à faire l'hémostase, on l'a transfusé massivement… Il ne va pas bien… il est en réanimation.

Quand nous prîmes l'ascenseur pour rejoindre les soins intensifs au premier sous-sol, je ne pus m'empêcher de penser à tous ces voyages entre le rez-de-chaussée et le dixième étage de notre immeuble du Télemly. Ils étaient gorgés de sensualité et de bonheur. Par la magie pernicieuse de la destinée, nous étions de nouveau côte à côte. Cette fois, pour une descente aux Enfers. Les dieux de l'Antiquité s'étaient saisis de nous et nous bousculaient à leur guise. Voilà qu'ils inversaient le mythe d'Orphée et que, muée en Eurydice de pacotille, c'était moi qui franchissais le Styx pour ramener du royaume d'Hadès un amour fourvoyé.

Mais quel amour ?

J'écartai violemment ces pensées délétères ; j'étais liée à Rachid jusqu'à la mort. Pour le pire et le meilleur. Le pire était en marche, inexorable, je ne devais pas m'égarer sur les chemins d'un passé disparu.

Il était face à moi sur son lit de torture, les yeux barrés de sparadrap transparent, des sondes dans le nez et la bouche, le visage boursouflé, les bras bleuis par les hématomes.

Seul témoin de vie, le tracé rapide de son cœur sur l'écran de l'électrocardioscope, une ligne verte aux couleurs de l'espoir. Des seringues électriques empilées sur une potence infusaient leur vie dans des tubulures de plastique.

Orphée gisait, marionnette pathétique vêtue de blanc, avec pour seule musique le bruit doux du respirateur artificiel, le bip de son cœur et, de temps à autre, l'alarme d'un pouls trop rapide ou trop lent, d'une tension trop haute ou trop basse, d'une perfusion arrivée à son terme.

En somme, pour l'avoir si souvent entendue, la symphonie d'une vie qui s'éteint.

Pierre

Dans l'ascenseur qui nous conduisait au premier sous-sol, elle se tint à distance, les yeux rivés sur la porte métallique de la cabine.

Il était impossible qu'elle ne pense pas à celui du Télemly, où je l'embrassais entre le rez-de-chaussée et le neuvième étage, priant le ciel que nul importun ne brise l'instant fragile. Parfois, j'appuyais sur le bouton arrêt et, suspendus entre ciel et terre, nous volions quelques minutes au temps qui cavalait. J'ai toujours dans la bouche le goût du rouge à lèvres qu'elle chipait à sa mère et qui colorait les miennes. Je descendais au neuvième, elle poursuivait jusqu'au dixième et, une fois la porte de son appartement claquée, je montais en tentant d'effacer d'un revers de main les traces compromettantes.

Il était impossible qu'elle ne se souvienne pas non plus de l'ascenseur de l'hôtel Aletti, de cette attente intenable mêlée de crainte et d'espoir, du bonheur fou à venir, de la tristesse de l'instant d'après, du groom à tête de joker que j'aurais voulu gommer pour la serrer dans mes bras quelques secondes de plus.

À quoi pensait-elle dans cette cabine qui, comme les deux autres, la menait vers d'autres souffrances, vers d'autres larmes ?

J'aurais voulu qu'elle pose sa tête sur mon épaule, comme avant. J'aurais aimé la réconforter, lui dire que j'étais encore là. Mais elle était lointaine, étrangère, murée.

Elle ne pouvait penser qu'à lui.

En réanimation, son regard affolé navigua entre Rachid, le respirateur, les seringues électriques, le scope et l'infirmière affairée, et le peu d'espoir qui la tenait encore s'effondra.

Inès

Pierre proposa de m'accompagner à l'hôtel mais je refusai, je ne voulais pas trahir Rachid. Et pourtant les parfums violents de l'adolescence me poussaient à flancher, ceux du chèvrefeuille de la rue Maurice Ravel, du jasmin sur notre balcon du Télemly, des bigaradiers de la rue La Fayette et, plus sensuels encore, ceux de la mer et de l'eau de Cologne de Pierre mêlés sous les arcades du front de mer d'Alger.

Ils auraient balayé ceux de l'hôpital.

Il fallait appeler les enfants, j'appréhendais ce moment. Comment leur faire entendre que je n'étais au courant de rien, que je n'avais rien caché ? Ils étaient si attachés à leur père. Maman et lui avaient remplacé la mère défaillante que j'avais été.

Petits, ils ne comprenaient pas que, épuisée par les nuits de garde, je n'apprécie guère la compagnie de Blanche-Neige, du Prince charmant, des magiciens et des sorcières. Ils me harcelaient : « Maman, une histoire, on veut une histoire ! » Allongés sur mon lit, ils attendaient la becquée, alors je racontais *La Petite Sirène* recueillie par sept nains revêches, la Reine des

Neiges en vacances au Sahara avec Djeha, Barbe-Bleue éperdument épris de Peau d'Âne. Ils écoutaient, surpris, un peu déçus par mes contes iconoclastes, mais quand je m'assoupissais, ils criaient : « Encore, encore ! » Frustrés par mon absence, ils me la faisaient payer en s'accrochant à moi, en pleurnichant dès que mon attention fléchissait.

Face au téléphone, je faisais le bilan de ma vie, de mon insatisfaction perpétuelle. Écartelée entre mon métier et ma famille, je ne pouvais me passer ni de l'un ni de l'autre. Où que je sois, je me sentais coupable : à la maison, d'abandonner mes patients, à l'hôpital, de délaisser mon fils et ma fille. Je tentais de me réconforter. N'était-ce pas le lot de toute femme active, déchirée entre plusieurs devoirs ?

Je trouvais ce concept occidental de femme active grotesque, comme si notre présence exclusive au foyer signifiait soumission et passivité. J'avais en tête ma mère, mes tantes du bled qui s'activaient de l'aube à la nuit. Elles détenaient le vrai pouvoir, les hommes étaient des fantômes insaisissables qui hantaient la maison, le soir venu.

J'eus soudain honte, je mentais, j'échafaudais des explications d'une affligeante convention. La seule raison de ma désertion était Pierre. Je m'étourdissais pour oublier cet amour qui flambait depuis l'enfance, pour masquer le manque qui, nuit après nuit, me suppliciait.

Je n'avais jamais retrouvé les sentiments éprouvés pour Pierre, la passion de nos étreintes, la jouissance incandescente de cet après-midi d'avril, à l'Aletti.

Oui, j'étais une menteuse.
J'étais une femme adultère.

— Votre père a été négligent, dis-je.

Par cette phrase, je voulus m'absoudre de toute responsabilité.

Le silence d'Amine sonna comme un reproche.

J'imaginai les questions qu'il brûlait de poser. Comment Rachid en était-il arrivé là ? Comment avais-je pu être indifférente à ce point ?

Je balbutiai :

— L'intervention a été difficile, il est en réanimation.

— Dis-nous la vérité, maman, il va mourir, n'est-ce pas ?

— Je ne peux rien affirmer.

— Tu es médecin, non ?

— Je suis sa femme, pas son chirurgien.

— Envoie-nous un certificat médical pour le visa, s'il te plaît, on veut le voir une dernière fois.

Pierre

Elle était dans sa tour, princesse recluse. De temps à autre, je percevais sa détresse mais elle se reprenait très vite. Elle ne voulait pas de la fissure qui m'aurait donné prise sur elle. Il n'y avait pas de place pour moi dans cette histoire finissante.

Quand j'ai proposé de la raccompagner, elle s'est raidie.

J'ai failli lui montrer la photo offerte par Rachid pour qu'elle comprenne : nos retrouvailles n'étaient pas fortuites ! Cet homme, dans un dernier élan d'amour, me l'avait confiée. Il savait tout, probablement depuis toujours.

J'ai renoncé à tout révéler.

J'ai suivi jusqu'au métro sa silhouette fragile. Elle marchait dans la fade lumière des réverbères. Je sentais sa solitude, elle submergeait le boulevard, gommant les passants, les devantures criardes, l'agitation de la vie.

Pourquoi le malheur sublimait-il les êtres ?

J'ai failli courir pour la rejoindre mais non, à quoi bon, elle n'était pas prête.

Par la grâce du souvenir, les pavés de la rue se sont mués en sable d'or, le macadam en mer bleue et le ciel du soir en azur incomparable. Inès était à

Moretti, j'étais allongé, elle passait devant moi, l'air faussement indifférent. Loin à droite, les villas du Club des Pins, fantômes blancs sur la plage bondée. Je me suis levé, ai marché vers elle, caressant des yeux sa peau tachetée de rousseurs, légèrement hâlée. Elle était belle dans la lumière, les hommes la suivaient du regard et j'en étais fier. Elle était à moi, j'étais à elle et nul n'en savait rien.

Un jour, alors que ses parents s'étaient assoupis, elle avait chaussé ses ballerines et foncé sur le sable brûlant jusqu'aux dunes. Nous nous étions retrouvés là-bas, à l'abri des pins. Il faisait chaud, l'air était lourd d'humidité, les arbres dégageaient un puissant parfum de résine, nos sueurs se sont mêlées et je l'ai embrassée. Des éclats de voix lointains l'ont fait fuir et je suis resté seul longtemps, dans l'accablante chaleur de l'été, empli de désir inassouvi.

Ces instantanés argentés surgis d'un passé évaporé colorèrent cette sinistre journée.

Je m'étais acharné sur Rachid : les métastases avaient envahi le foie, il fallait les détruire, je devais le sauver, j'avais promis, mais plus je coupais, plus ces maudites tumeurs couleur chamois s'infiltraient. Mon aide, un brillant chef de clinique, s'était inquiété :

— Vous devriez arrêter, la moitié du foie est dans le baquet.

Je suis un homme de parole, je tiens toujours mes promesses.

J'avais continué, le sang a brusquement noyé le champ. Plaie artérielle. Merde, merde... Vingt minutes à suturer l'artère et trois litres de sang dans les bocaux d'aspiration.

L'anesthésiste était blême et moi en eau.

Je compris que je ne pouvais plus rien pour Rachid.

Le cancer qui rongeait nos cœurs depuis toujours avait dévoré son corps.

Inès

Les jours semblables aux jours, il y en a eu beaucoup, je ne sais plus combien. Comment qualifier cette agonie interminable ? Peut-on la chiffrer en journées ? Toutes ces heures passées à son chevet s'agglutinent dans ma tête en un magma blanchâtre comme la lumière des néons de la réanimation, un long tunnel exsangue aux parois taguées de courbes et de chiffres. Rythme cardiaque, fréquence respiratoire, électrocardiogramme, pression intrapulmonaire, pléthysmographie. Le torse de Rachid, infiltré d'œdèmes, se soulevait seize fois par minute. Il dormait par la grâce d'un liquide couleur de lait, je tenais sa main, dont le volume avait doublé, et lui parlais. Peut-être m'entendait-il du fond de son abîme ?

— Les enfants, disais-je invariablement, ont appelé ce matin, ils s'inquiètent mais je les rassure, chaque jour un petit mieux, je mens un peu, j'affirme que tu as froncé un sourcil, qu'au son de ma voix tu as serré mes doigts… Ils veulent venir, ils attendent leur visa. Tu aimerais les voir ?

Je guettais, mais rien, pas la moindre expression, aucune preuve de conscience. Je soliloquais face à un amas de chair qui n'était plus lui. Ce visage zébré de sparadrap, soufflé par des litres de sérum, n'était plus le sien.

Quand je questionnais Pierre, les réanimateurs ou les infirmières, toujours la même réponse : « État stationnaire. » Jour après jour, le pouls oscillait entre 100 et 130, la tension artérielle entre 80 et 110 de systolique, la température entre 37 et 38 °C. Ces chiffres auxquels nous ne prêtons d'ordinaire aucune attention s'étaient substitués à lui. Ils témoignaient encore de sa présence parmi nous, mais les portes de sa conscience étaient désespérément closes.

Alors, pour qu'il vive encore, je m'évadais dans le passé.

Après nos fiançailles, on se retrouvait chez moi en fin d'après-midi. Souvent, des copains et des copines passaient, ils aimaient venir. Du balcon on embrassait tout Alger, ils disaient qu'on était sur un bateau. Au loin la mer devenait le ciel et la baie traçait son cercle, le port était saturé de bateaux en attente. *El Moudjahid*, le quotidien francophone, s'en inquiétait de temps à autre : vraiment, tous ces navires à ne rien faire, c'était du gâchis. Rachid, haut fonctionnaire au ministère du Commerce, renchérissait, les surestaries, ces indemnités que l'Algérie devait payer aux compagnies maritimes pour tout retard de chargement ou déchargement, étaient exorbitantes.

Quand j'étais gamine, on voyait sur l'un des quais un immense tas de charbon, une vraie colline, mon père discourait des heures sur sa provenance – le nord de la France, l'Angleterre ou la Chine – et sur sa destinée : les *kanouns* du bled. Le charbon a vite été remplacé par des conteneurs venus du monde entier, et les *kanouns* par des *tabounas* nourries au gaz du Sahara.

Nadira s'accoudait à la balustrade, elle posait la tête sur l'épaule de Sofiane, son amoureux, et son beau profil s'imprimait sur le bleu. Elle sortait de la poche de son jean un paquet de Marlboro, rouge et blanc frappé de lettres noires, allumait une cigarette et la fumée ténue montait dans l'air tiède du printemps. Des rumeurs grimpaient de la ville, des rumeurs paisibles à l'époque. Alors, je mettais un disque et nous chantions. Si la musique s'y prêtait, on dansait aussi. Nous adorions Fadila Dziria, nous l'écoutions souvent ; Anissa avait une belle voix qui s'accordait avec la sienne, je l'accompagnais *a cappella*, Rachid était subjugué et la nuit tombait d'un coup sans qu'on s'en aperçoive. Les lumières embrasaient la ville et la route moutonnière allongeait son long ruban orangé. Rachid s'emparait d'une derbouka, Nadira dansait, un foulard autour de la taille, et ses hanches tanguaient, tanguaient, irrépressibles. Ma tante Mouni, attirée par le bruit et les rires, venait parfois, la tête éternellement couverte d'un foulard à fleurs, elle regardait d'un air désapprobateur cette fille aux cheveux lâchés, en jean moulant, cigarette à la main, qui se trémoussait devant des garçons. Elle tordait sa bouche et repartait en maugréant. Les temps avaient bien changé…

Pierre était en embuscade, il ne demandait qu'à revivre. Je percevais son souffle, la musique triste de son absence, mais je le repoussais très vite. Je me concentrais sur Rachid, ses cheveux châtains ondulés, ses yeux verts bienveillants qui m'enveloppaient et ses mains impeccables qui cognaient le cuir du tambourin. À chaque percussion répondait un déhanchement de Nadira, à croire que la peau de l'animal n'était qu'une extension de la sienne et que les mêmes nerfs l'innervaient.

Dans la lumière artificielle de la réanimation chirurgicale, je peinais à imaginer que ces mains boursouflées, inertes sur un drap blême au logo de l'Assistance publique de Paris, étaient celles qui, endiablées, déchaînaient les reins affolants de Nadira.

Hypnotisée par le tissu taché de Bétadine qui couvrait Rachid, je me souvenais des étés d'Alger quand, au grand désespoir de ma mère, le sirocco soufflait sur la ville. Il charriait les sables ocre du désert et souillait les draps étendus sur le balcon, réduisant à néant son labeur du matin. Dans les années cinquante, on lavait encore à la main. À peine éveillée, maman posait la grande lessiveuse d'aluminium à champignon sur la cuisinière à gaz, chauffait l'eau teintée de bleu de méthylène puis y jetait le linge. À peine refroidi, elle le frottait au savon de Marseille sur une planche à laver en bois clair. J'entends encore le bruit du frottement sur les cannelures. Elle transpirait, écorchait ses doigts et fissurait sa peau. Je tentais parfois de l'aider mais renonçais vite, mes petites mains étaient inefficaces et le bloc de savon jaune à la si forte odeur trop gros pour elles…

Chaque soir, à 20 heures, d'autres mains se posaient sur mes épaules et la voix de Pierre me rappelait à l'ordre :

— Inès, il est temps de partir…

Pierre

Tous les soirs, je passais la voir en réanimation. Assise près de Rachid sur un fauteuil inconfortable, elle ne me voyait pas. Je restais de longues minutes derrière elle à m'interroger sur les curieux méandres de la destinée. Qui aurait imaginé qu'un jour nous serions étrangers ? Au propre et au figuré. Moi, toujours français, divorcé d'une autre ; elle, algérienne, mariée à un autre que moi. Qui, sur le balcon du Télemly, aurait pu croire que nous nous retrouverions des décennies plus tard face à un lit d'agonie et que les blancs d'une chambre d'hôpital remplaceraient les blancs d'Alger ?

Un vieil entêté avait bradé notre terre, rompu nos attaches, anéanti nos rêves et brisé nos vies.

À quoi pensait-elle, l'œil rivé sur les machines ? Avais-je encore une place dans ses divagations ?

Comment rétablir le lien ?

Chaque soir, je posais mes mains sur ses épaules pour lui rappeler qu'il était temps de partir ; chaque soir, je lui proposais de dîner avec moi et chaque soir elle refusait.

Quinze jours s'étaient écoulés depuis l'intervention. L'état de Rachid ne s'améliorait pas et les premières escarres venaient d'apparaître.

Quand Inès sentit mes mains, elle tourna la tête et dit :

— Emmène-moi... s'il te plaît...

Dans le taxi qui nous conduisait au restaurant, elle ne parla pas. Le front sur la vitre, elle regardait le spectacle de la rue, les trottoirs animés, la diversité bariolée des passants. Nous allâmes dans une auberge au décor désuet. J'avais choisi ce lieu à dessein, il était figé dans les années cinquante. Je ne voulais pas d'une table branchée, à la déco glacée, où la musique violait l'intimité. De vieilles affiches, des têtes d'animaux empaillés, des cuivres couvraient les murs. La salle était comble, emplie de joie bruyante. Nous pourrions rester muets si elle le souhaitait.

L'Auberge bressane ressemblait aux restaurants de notre enfance, la Taverna romana de la rue Michelet, la Grande Terrasse à Bab El Oued, L'Auberge du Moulin de Chéraga, ou Le Bon Canard à Dely Ibrahim qui se vantait d'être la plus ancienne auberge d'Afrique. Autant d'endroits où j'aurais rêvé d'aller avec elle et nos enfants dans une Algérie de fraternité et de paix. De grandes tablées nous auraient accueillis où se seraient mêlés famille et amis de tous bords, et nous nous serions gavés de paella, de mérou, de langoustes ou de vols-au-vent arrosés de vin de Mascara. Les enfants, lassés par ces repas interminables, auraient fui entre les tables en criant. Je les aurais grondés, en vain...

La garderie du Télemly s'imposa à moi, j'esquissai un sourire. Intriguée, elle me questionna :

— Pourquoi souris-tu ?

— Je pensais au parc Mont-Riant, à nos goûters après la sieste, aux sandwichs au chocolat noir. Depuis, nous n'avons plus rien mangé ensemble...

— C'est si loin, tout ça.

— Pour toi peut-être, ai-je répondu, pour moi c'est aujourd'hui... Dans quelques minutes on nous apportera des corbeilles en osier pleines de gros pain, des tablettes d'un chocolat semé de grains de sucre, et bientôt tu les sentiras craquer sous tes dents.

— Tu aimerais que tout recommence comme avant, n'est-ce pas ?

— J'aurais aimé que rien ne s'arrête.

Elle ne commenta pas, son regard s'évada sur les murs surchargés de l'auberge.

— Il y a, reprit-elle, un endroit dans la même veine à Alger, Le Normand, pas loin de la Grande Poste. Nous y allions souvent, avec Rachid, avant le terrorisme.

Je me souvenais de ce petit restaurant de la rue Tancrède, j'y avais dîné plusieurs fois avec mes parents. L'atmosphère des deux lieux était identique.

— Il existe toujours ?

— Je ne sais pas, nous ne sortons plus le soir. Rachid a peur des faux barrages.

De toute évidence, elle ne souhaitait pas évoquer notre passé commun. Je n'avais plus de place dans sa vie.

Après un long silence, elle asséna :

— Il va mourir, n'est-ce pas ?

— Si nous en étions convaincus, nous ne nous acharnerions pas.

— Justement, Pierre, pas d'acharnement inutile. Si tu penses que c'est foutu, laisse-le partir... Je suis médecin, je sais calculer un indice de gravité. Ses chances de survie sont voisines de zéro.

— Tes enfants veulent le voir...

— Ils n'auront pas de visa, votre consulat n'en donne quasiment plus. Depuis le détournement de l'avion d'Air France en 94, l'Algérie n'existe plus, nous sommes des pestiférés.

Elle raconta l'histoire d'un professeur de médecine d'origine française venu récemment se faire soigner à Paris. Avant l'indépendance, il combattait dans les rangs du FLN. Condamné à mort par la justice française, il fut amnistié en 1962 et prit la nationalité algérienne. Sa femme n'avait jamais pu obtenir de visa pour l'assister. Rien n'avait pu fléchir les autorités françaises et il était mort à l'hôpital Saint-Antoine sans la revoir, seul.

C'était sans doute de bonne guerre, commenta-t-elle, ironique, pourquoi les Algériens s'accrochaient-ils à la France alors qu'ils l'avaient chassée ? Et si cette femme n'avait pas obtenu de visa, comment ses enfants à elle le pourraient-ils ? Elle ne devait le sien qu'à la position de Rachid, proche collaborateur du ministre du Commerce. Des intellectuels menacés par les islamistes avaient quémandé le précieux sésame. Sans succès. Ils étaient morts assassinés, faute d'avoir pu s'échapper. Pourtant, ils défendaient la culture française, les Lumières de Rousseau et Voltaire.

— Mes enfants ne viendront pas et d'ailleurs je ne le souhaite pas. Je veux qu'ils gardent intacte l'image de leur père.

Elle me fixa soudain comme elle le faisait à Alger, avec cette intensité qui me faisait chavirer, cette volonté impérieuse maquillée de douceur et de passion, un regard qu'elle n'avait jamais eu depuis que nous nous étions retrouvés. Elle posa sa main sur la mienne et je sentis ses doigts trembler.

— Jure-moi que tu ne prolongeras pas inutilement sa vie.

Je balbutiai :

— Je te le promets.

Inès

Je ne mentais plus aux enfants et chaque soir ils imploraient :

— On veut notre visa, maman, appelle le ministre.

J'avais eu sa secrétaire plusieurs fois. Il était inaccessible, en rendez-vous, réunion ou déplacement. Mon nom était inscrit en gras sur son agenda, il rappellerait dès que possible.

Je n'avais aucune illusion. Rachid à l'agonie ne représentait plus rien. Pourquoi s'embarrasser de sa future veuve ? Dans le meilleur des cas me parviendrait un carton de condoléances attristées frappé aux armes de la République algérienne.

Quelques jours avant le décès de Rachid, Pierre et moi avons dîné dans une auberge du 7e arrondissement. Je voulais que les choses soient claires : pas d'acharnement thérapeutique. Rachid ne devait sa survie qu'aux sérums, machines et drogues diverses. Son aspect n'avait plus rien d'humain, ses coudes, ses talons et ses fesses s'érodaient, l'ultime dégradation avait débuté.

Toute la soirée, Pierre tenta de me tirer vers le passé. Je résistai, je ne devais pas le suivre, je n'étais pas là pour ça. Et pourtant les souvenirs revenaient, bouleversants. Un pan de ma vie sortait du cachot et, trente années plus tard, mes sentiments pour cet homme s'avéraient intacts.

Pour cacher mon trouble, je fis mine de m'intéresser aux éléments du décor, mais ce restaurant si provincial me plongeait irrésistiblement dans l'Algérie coloniale et une foule d'images surgissait. La quête des œufs et des lapins de Pâques dans les fourrés du parc Mont-Riant en sa compagnie, les arbres de Noël dans les vitrines de la rue d'Isly, les tableaux naïfs accrochés aux murs des restaurants algérois, scènes marines, natures mortes ou soleil miroitant sur la Méditerranée.

Pourquoi cette période si tragique de l'histoire de mon pays était-elle si lumineuse dans ma mémoire ?

Quand les paysans pataugeaient, pieds nus dans l'humiliation et la boue des camps de regroupement, je marchais dans l'air tiède et parfumé de la rue Michelet. J'avais vécu dans une bulle. Le douloureux exil constantinois avait été, malgré tout, empreint de douceur. Mon statut social, tel un ver à soie, tissait inlassablement un cocon protecteur ; l'injustice atténuait les épreuves les plus violentes.

Rachid bénéficiait, pour une cause perdue, du meilleur de la médecine occidentale, alors qu'en Algérie des hommes, des femmes saignés par les fous de Dieu mouraient par milliers.

J'avais échappé à l'indifférence bourgeoise, à sa schizophrénie, grâce à mon métier. Je réparais les rescapés des massacres, rendais forme humaine aux cadavres mutilés et partageais les souffrances de ceux qui n'avaient pas ma chance. Mes parents, mes sœurs, mon frère, Rachid me suppliaient de rester à la maison. Je risquais ma vie à chaque déplacement ; j'en étais consciente, mais cela me laissait indifférente. À côtoyer la mort sans cesse, la mienne me paraissait insignifiante.

— Mets au moins un foulard, ne leur donne aucun prétexte.

— Jamais !

Je connaissais les assassins. Petits, je les avais soignés, ainsi que leur famille. Je les soignais toujours. Interne puis résidente en chirurgie, j'avais écumé tous les dispensaires des quartiers populaires d'Alger, Bab El Oued, Beni Messous, Zonca, Oued Ouchayeh, Bachdjerrah, Leveilley. Je connaissais leurs mères, épuisées par les grossesses, qui, dès l'aube, faisaient la queue dans l'espoir de voir un médecin ou une infirmière.

J'en ai franchi des faux barrages entre Saint-Eugène et l'hôpital !

Les pseudo-gendarmes, dès qu'ils m'identifiaient, me faisaient signe d'avancer :

— *Djouz ya tbiba,* passe, doctoresse.

Face à Pierre, je tentai de chasser les flashs des années cinquante. Cette vie avait sombré, inutile d'en repêcher les épaves. Les horreurs du terrorisme, les bombes, le sang des victimes innocentes étaient les meilleurs antidotes à la nostalgie.

Malgré tout, je retrouvais dans son visage d'homme mûr celui de l'adolescent adoré et, insidieusement, l'amour cadenassé depuis si longtemps déversait son philtre.

Pierre

Je ne souhaitais pas interrompre la réanimation de Rachid. J'avais si impérieusement voulu le sauver que la perspective de sa mort était inconcevable. Je ne cédai pas aux suppliques d'Inès. Ce temps suspendu me convenait, je la savais près de moi, à quelques étages, tous les soirs je sentais sa chaleur sous mes mains et voyageais dans le temps. Je fermais les yeux et nous étions côte à côte sur nos balcons du Télemly. Tant qu'il vivrait, elle serait là. Je m'accrochais à cette maigre certitude et refusais d'imaginer le futur.

Un soir, nous allâmes écouter un concert à la Fondation Singer-Polignac. J'avais dû la supplier pour qu'elle accepte.

Telle une petite fille, elle tournait la tête de droite à gauche, impressionnée par la beauté du lieu. D'immenses glaces reflétaient les ruines antiques des panneaux peints en trompe-l'œil. Les instruments dorés sur fond noir des médaillons muraux, les muses aux seins nus, les cristaux scintillants des luminaires la fascinaient. Les portes vitrées de miroirs donnaient à la petite salle une profondeur féerique, répétant à l'infini les lustres ruisselants de lumière.

À Alger, nous écoutions parfois de la musique ensemble, seulement quand l'absence de nos parents me permettait d'augmenter le son à un niveau audible pour elle. Alors, j'ouvrais en grand la fenêtre de ma chambre, posais un disque sur le plateau de mon pick-up et les notes s'échappaient vers la mer. Inès disait même qu'elles montaient vers le ciel pour allumer les étoiles. Nous étions fans de classique et de variétés, mais elle avait un faible pour Mozart et le *Concerto n° 23*. Elle aimait voir le soleil décliner sur des airs nostalgiques et moi, j'adorais provoquer son émotion.

Ce soir-là, je jouai au même jeu et fixai de temps à autre son profil. Elle souriait, cet intermède lui faisait oublier Rachid et la folie meurtrière des islamistes. Le concerto de Telemann pour flûte et violon la bouleversa, il était très beau mais les airs que nous avions entendus auparavant l'étaient tout autant. Quels souvenirs avait-il réveillés ?

Elle posa sa main sur la mienne mais la retira vite, comme si elle regrettait ce geste incontrôlé d'intimité.

Son visage s'éteignit et rien ne filtra plus.

Inès

Je ne voulais pas aller au concert, rien ne devait me distraire ni m'éloigner de Rachid. Il fallait lui donner ce qu'il n'avait jamais eu : toutes mes pensées.

Pierre avait tellement insisté.

J'étais désemparée, l'idée d'affronter les enfants au téléphone m'épuisait. Je redoutais leurs reproches à peine voilés, comme si de ma seule volonté dépendaient l'octroi du fameux visa et la survie de leur père. Un peu de légèreté m'aiderait à tenir. Rachid m'y aurait poussée. Désormais, il m'habitait, comme mon père après sa mort, et son visage bienveillant m'incitait à suivre Pierre.

Il était mort le temps du théâtre, des ballets, des concerts ; la terreur avait tout balayé, Alger était devenue sinistre, barricadée par le couvre-feu. Chaque soir, nous n'aspirions qu'à rentrer saufs et que nul, chez nous, ne manque à l'appel. Nos seules escapades étaient les séries télévisées échappées de mondes irréels, où régnaient le bonheur, l'amour et la paix. Et pourtant, nous en avions vu des spectacles, nous n'en rations aucun dans les années soixante-dix. L'Opéra d'Alger était ma scène préférée, elle semblait être la quintessence du luxe. L'architecture baroque, les sièges de velours rouge imposaient le respect. Tout y était feutré, les conversations, les applaudissements ou les rires.

En découvrant la salle de la Fondation Singer-Polignac, je me rendis compte à quel point celle d'Alger était pauvre. Une profusion étourdissante d'ors et de peintures, de miroirs et de cristaux ne laissait aux yeux aucun repos.

Bien que quinquagénaires, nous étions les plus jeunes de l'assistance : toutes les têtes étaient blanches, y compris celles des femmes. J'épiai les discussions, j'étais cernée de privilégiés dont les tracas se résumaient à la réfection d'un parquet, d'une toiture ou de l'escalier d'un manoir provincial, au choix d'une destination pour les vacances d'hiver. Neige ou soleil ? Maldives ou Seychelles ? Elles étaient loin, mes nuits blanches aux urgences ou au bloc opératoire. Je m'évadais dans le luxe et l'insouciance.

Je me laissai bercer par la musique. J'étais face à la fenêtre du Télemly et les airs écoutés avec Pierre, Rachid, mes sœurs ou mon frère se bousculaient en une heureuse cacophonie, inondant la ville, le ciel et la mer d'une cascade de notes délicates.

Soudain, une mélodie chassa les autres. Cette mélodie, je la connaissais mais impossible d'y calquer un souvenir. Elle me ravageait et j'ignorais pourquoi. Peu à peu les ors et le décor XIXe de la Fondation Singer-Polignac cédèrent la place aux boiseries acajou de l'Aletti, aux fauteuils de cuir noir et aux lustres Art déco.

Dans le hall de l'hôtel, j'attendais Pierre qui n'arrivait pas et, alors que je m'apprêtais à fuir, une musique magnifique s'était élevée. Elle avait franchi le temps et voilà qu'elle me retrouvait à Paris. Elle me ramenait avec une infinie violence vers le plus beau souvenir de ma vie, le plus brûlant, le plus douloureux. Nous allions faire l'amour et serions bientôt indéfectiblement unis.

J'étais si émue que je ne pus m'empêcher de poser ma main sur la sienne. Une force impérieuse, implacable, me ramenait vers le passé. Au-dessus de ma tête veillait un ciel de bleu et de nuages, identique à celui du Café de la Paix. Je pensai alors à Rachid, à notre dernier déjeuner, et la retirai très vite.

Après le concert, nous allâmes au drugstore Saint-Germain. Dans les années soixante-dix, il y en avait un à Alger, décoré par un Italien, dans des tons rouge et noir mêlés d'acier. Il était face à l'université, rue Didouche Mourad, anciennement rue Michelet, les enfants aimaient y manger un hamburger et des crêpes. Un petit air d'Europe y flottait, il nous dépaysait quelques poignées de minutes.

L'endroit périclita rapidement et devint une annexe des Galeries algériennes.

On trouvait, au gré des arrivages, du gruyère, du camembert ou du roquefort dans des armoires frigorifiques habituellement désertes. La rumeur se répandait en ville – du fromage français au drugstore ! – et des queues se formaient. C'était sous Boumediene, au temps des pénuries. Il fallait industrialiser l'Algérie et le superflu n'avait pas sa place. Ma mère et mes tantes étaient désespérées. « On ne sait plus quoi cuisiner », se lamentaient-elles. Parfois, les pommes de terre manquaient aussi et leur désespoir se muait en colère impuissante, elles criaient alors : « *Blad char*, pays de famine ! »

Les privilégiés, qui voyageaient sans restriction, rapportaient d'Europe ou d'ailleurs du fromage, du saumon, des bananes, des alcools, du chocolat, du café, des cigarettes et des parfums. Tout ce qui maquillait le terne de la vie socialiste. Nos escapades à l'étranger étaient suspendues au bon vouloir des préfectures, qui délivraient parcimonieusement les autorisations de sortie du territoire national. Si l'on ne disposait pas de solides appuis politiques, ce bon vouloir était monnayable : un pantalon, une robe, un costume ou quelques bouteilles de whisky, du Glenfiddich de préférence, ouvraient le chemin de l'aéroport.

À Saint-Germain-des-Prés, le drugstore était un parfait témoin des années soixante-dix, l'orange et le marron dominaient, les alcôves aux quatre sièges Chesterfield de cuir havane préservaient l'intimité, nous étions dans un wagon-restaurant en partance vers l'imaginaire. Des statuettes de bronze doré surmontées d'abat-jour en plissé soleil rose ou miel éclairaient discrètement les tables. Des mains de métal enserraient les chapiteaux de colonnes qui grimpaient jusqu'au plafond. Elles avaient six ou huit doigts, je ne sais plus, et ressemblaient à des sarments. Des bouches de célébrités en bronze martelé, grand format, disposées çà et là dans des médaillons ovales sous-titrés « Marilyn Monroe », « Brigitte Bardot » ou « Jeanne Moreau », donnaient au lieu une indiscutable sensualité. Les boiseries sombres ajoutaient à la sensation de bien-être. Une clientèle opulente, insouciante, qu'aujourd'hui on qualifierait de branchée, fréquentait ce lieu au décor chargé.

La paix et la légèreté régnaient.

Comme à la Fondation Singer-Polignac, Pierre s'amusait de la petite provinciale qui découvrait Paris et ses merveilles. Il ne cessait de guetter mes réactions et mes mimiques, loin d'imaginer ce qu'avait éveillé en moi le concerto de Telemann.

Son visage que j'évitais, de peur qu'il me fasse perdre pied, je le fixai enfin. Je n'avais plus de raison de ne pas le faire. La musique avait ouvert en grand les portes du passé. À quoi bon lutter contre l'évidence ?

Je l'aimais toujours.

Ses traits avaient perdu ce qu'à seize ans ils gardaient de l'enfance, mais sa bouche, ses yeux, son sourire n'avaient pas changé et je ressentais toujours au fond de moi cette crispation qui brisait mon souffle et saccadait mon cœur. J'étais Phèdre et retrouvais trente années plus tard la passion et sa folie.

Le bleu de ses yeux était d'une infinie douceur.

Ces mêmes yeux avaient laissé entrer le poison de l'extrémisme, commis l'attentat de la fac de droit et peut-être tué. Comment pouvais-je aimer un petit braquet d'extrême droite ?

Je lui posai la question qui me hantait depuis toujours :

— Comment as-tu pu adhérer à l'OAS ?

Il répondit par une autre question :

— Pourquoi étais-tu pour le FLN ?

Sans attendre ma réponse, il poursuivit d'un trait :

— Tu m'en veux et je le sais… Je ne pouvais pas te prévenir, j'ai fait en sorte que la bombe explose quand ton père était à la gare. Je vous ai toujours protégés… toujours… Certains voulaient vous tuer, je me suis violemment opposé à eux, tu n'as pas idée, je les ai menacés de leur faire la peau s'ils osaient. Tu ne peux pas m'en vouloir… J'ai fait ce que j'ai pu et ma jeunesse a fait le reste.

Il ne remettait pas en cause son adhésion à l'armée secrète, cette organisation qui avait traqué les miens comme du gibier. J'étais l'alibi qui absolvait sa forfaiture. Peut-être dans les dîners se vantait-il d'avoir été un bon soldat ?

Après tout, quelle importance ? L'OAS avait sombré dans le torrent de l'Histoire, les islamistes s'étaient emparés du flambeau de l'horreur et l'avaient porté encore plus haut. Mon peuple, que l'on qualifiait d'exemplaire dans son combat contre l'oppression coloniale, avait sécrété l'une des pires ignominies du XXe siècle.

Le sac et le ressac de la destinée probablement…

Indifférent à mes réflexions, mon regard naviguait des bouches de métal du décor à la sienne. Je désirais tant ses lèvres que j'en rêvais souvent. Mais, au réveil, le bonheur cédait place à la tristesse, au vide, à la frustration.

À la fin du dîner, il me demanda pourquoi l'air de Telemann m'avait autant émue.

— Tu n'étais pas encore arrivé à l'Aletti, j'allais m'enfuir quand un petit orchestre a joué cette musique… Elle m'a retenue… Depuis, c'est pour moi la musique de l'attente… de l'attente de toi… de l'amour à venir… l'air du plus beau jour de ma vie…

Quand je m'interrompis, pour cacher son désarroi il baissa la tête et se tassa sur son siège.

Pierre

Je peinais à croiser son regard depuis nos retrouvailles. Inès était ailleurs. Au restaurant du drugstore, elle me fixa longtemps puis me demanda soudain pourquoi j'avais rejoint l'OAS.

Tout cela était si loin ! Le visage de mon professeur d'histoire, au lycée Gauthier, se dessina en quelques touches : il ressemblait à Gérard Philipe, les mêmes yeux hypnotiques, les mêmes cheveux noirs, le même charisme, la même verve. Il nous fascinait, c'était notre imam radical. Il contait l'épopée de la colonisation française avec un enthousiasme démesuré. Alger, Constantine, Mascara, la Smalah d'Abd-el-Kader capitulaient sous nos yeux. La France redevenait un grand pays. Oubliés, l'effondrement de 1940, l'humiliation de l'Occupation ! Notre admiration pour l'Amérique et sa puissance s'estompait. Il nous faisait aimer la France, c'était un farouche défenseur de sa présence en Algérie, et il ne tarissait pas d'éloges sur la colonisation et ses bienfaits. Elle avait fertilisé les campagnes, dressé des villes magnifiques, construit des hôpitaux, des routes, des gares, des aéroports. Il n'était pas question d'abandonner une terre où cinq générations de pieds-noirs avaient donné le meilleur.

Nous devions tous la défendre. Dans la classe, nous étions un petit groupe déterminé à lutter contre la politique désastreuse du Général. On se retrouvait à l'Otomatic, rue Michelet, et l'on palabrait durant des heures, à échafauder des plans que nous ne mettions jamais à exécution.

Un soir, il s'assit à notre table et, à mots couverts, nous invita à rejoindre la seule force qui luttait vraiment pour que l'Algérie reste française. Nous acceptâmes tous. Le lendemain, il nous mit en rapport avec un responsable de l'organisation et ma première mission fut de plastiquer l'annexe de la fac de droit, dans mon immeuble.

Je n'avais aucun doute sur la légitimité de mon engagement. J'œuvrais non seulement pour la France, mais aussi pour Inès. Quel serait notre avenir dans un pays gouverné par le FLN ?

Elle voulait l'indépendance, nous nous disputions souvent, impossible de lui faire entendre raison.

En mars 1962, au lendemain du cessez-le-feu, nous avions pris l'ascenseur ensemble, je m'étais arrêté au neuvième, comme d'habitude, elle avait continué jusqu'au dixième. J'avais oublié de relever le courrier, je redescendis immédiatement au rez-de-chaussée. Avec une baie rouge ramassée au pied d'un arbre, rue Desfontaines, elle avait inscrit dans la cabine le logo du FLN. Les trois lettres sanglantes dégoulinaient sur la paroi. Furieux, j'effaçai d'un revers de manche le graffiti. Inès n'avait pas mesuré les conséquences de son acte. Elle et sa famille étaient les seuls musulmans de l'immeuble, cette inscription les accusait. Dans l'atmosphère explosive de l'époque, elle équivalait à une condamnation à mort.

Ces trois dernières semaines à Paris, nous n'avions que très peu échangé. Elle craignait de renouer le fil rompu. Ce soir, alors qu'elle évoquait pour la première fois notre liaison, ses traits s'adoucirent et je retrouvai celle que j'avais aimée. Celle que j'aimais toujours.

L'Algérie, oubliée depuis si longtemps, me revenait en plein cœur. J'avais adulé ce pays qui nous avait chassés, je l'avais adoré jusqu'à la haine. Peu à peu, les anciens bonheurs, telles des bulles d'air échappées des profondeurs, affleuraient à la surface. Les yeux d'Inès me désarmaient, je fondais et, peu à peu, ma rancœur s'évanouissait.

Nous étions dans un cocon hors du temps, notre barque voguait sur le fleuve de la mémoire. Après avoir bu avec Ariane, mon autre femme, l'eau du Léthé, le fleuve de l'oubli, je retrouvais Inès et mes souvenirs algérois. De toutes les turbulences de l'adolescence, politiques et sentimentales, il ne me restait que cet amour.

Quand, à la fin du dîner, elle évoqua l'émotion suscitée par le concerto de Telemann, je compris qu'elle m'aimait toujours.

Arrivée à son hôtel, avant de quitter le taxi, elle prit la voix du passé, celle très douce qui, sur le balcon du Télemly, face aux lumières du port, me souhaitait bonne nuit.

— Laisse-le partir, murmura-t-elle, ne te sens pas coupable… je t'en prie…

Inès

Le lendemain du concert, tôt le matin, j'eus un appel de Pierre. Les médecins de Rachid acceptaient d'interrompre les drogues qui maintenaient sa pression artérielle.

Ils m'attendaient. Ainsi, je serais le bourreau, non pas en charge d'une seringue létale mais, telle une Parque, de ciseaux. À peine franchi le seuil de la réanimation, la perfusion de noradrénaline s'interromprait. La tubulure qui délivrait l'élixir de vie s'assécherait et son cœur battrait à sa guise, libre enfin.

Je ne me résolvais pas à quitter la chambre d'hôtel, je manquais de courage, l'idée d'être le grain de sable mortel, l'ultime grain du sablier de sa vie, m'effrayait.

Je trouvai une foule de prétextes pour retarder ma sortie, des futilités qui détournaient mon attention, une mèche rebelle, une trace de blush sur le col de mon chemisier, de la boue sur mes bottines. Quand je jugeai ma tenue impeccable, j'entrepris de ranger les vêtements de Rachid. Je trouvai une feuille de papier quadrillé pliée en quatre dans la poche d'une de ses vestes. Celle qu'il portait au Café de la Paix. Je reconnus son écriture ample et arrondie. Il avait recopié quelques vers de *L'Invitation au voyage* de Baudelaire :

Mon enfant, ma sœur,
Songe à la douceur
D'aller là-bas vivre ensemble !
Aimer à loisir,
Aimer et mourir
Au pays qui te ressemble !

Il n'avait pas osé me lire ce poème, il savait que son rêve d'ailleurs ne se réaliserait plus. Il disait souvent :

— Allons vivre dans un pays normal, j'en ai marre d'avoir peur.

Invariablement, je répondais :

— Je ne quitterai jamais l'Algérie, j'aurais le sentiment de la trahir… Emmène les enfants si tu veux, je vous rejoindrai quand le calme sera revenu.

Comment pouvais-je abandonner mes infirmières et mes étudiants qui chaque jour risquaient leur vie pour sauver celle des autres ?

J'arrivai très tard en réanimation, le jour finissait. Mourir au cœur de la nuit me semblait plus tolérable qu'en pleine lumière. À peine m'étais-je assise que le réanimateur débrancha la seringue de noradrénaline. La tension artérielle entama sa chute, le pouls devint erratique, tantôt rapide, tantôt lent. Je suivais son tracé vert sur l'électrocardioscope.

Je m'approchai de Rachid et balbutiai à son oreille :

— Merci… merci pour tout… pour ton amour… pour la liberté, pour la paix, pour le bonheur que tu m'as donnés. J'ai été heureuse avec toi et le serai encore… je suis là… je serai toujours là… et toi aussi…

Son cœur s'accéléra comme s'il m'avait entendue. Je serrai fort sa main déformée par des jours et des jours de perfusions, les curares infusés pour abolir tout mouvement l'avaient rendue inerte.

Je fermai les yeux, j'étais contre lui à Chréa, sous la neige dans un univers blanc, protégée par les cèdres immenses, je sentais sa chaleur au bout de mes doigts.

Le bip du scope ralentit puis se hâta à nouveau, la vie refusait de lâcher prise.

Je m'assoupis.

Quand je m'éveillai, vers minuit, la ligne verte sur l'écran était plate et la main de Rachid déjà froide.

Depuis mon arrivée à Paris, j'étais suspendue au souffle de Rachid, ne m'accordant que de rares intermèdes avec Pierre. Maintenant qu'il était mort, une solitude glacée s'abattit sur moi.

J'embrassai son front. Mes larmes, longtemps prisonnières, coulèrent en silence. Pierre se tenait derrière moi, j'ignorais depuis quand. Il entoura mes épaules de son bras et m'entraîna vers la sortie sous les yeux intrigués de l'équipe de garde.

— Ils se demandent qui tu es, commenta-t-il, je ne me comporte jamais comme ça.

Je ne répondis rien, la perspective des jours prochains m'effarait. Dans l'ascenseur qui nous menait à son bureau, je me laissai aller contre lui.

Près de son ordinateur, il avait déposé une photographie, je m'en saisis mécaniquement, c'était une photo récente prise du balcon de ma chambre, au Télemly. On y voyait les innombrables paraboles qui défiguraient la ville et, sur la gauche, celle rouillée installée face à la chambre de ma mère.

— Il t'a donné ce cliché, n'est-ce pas ?

— Il savait tout sur nous depuis toujours.

Pierre

Je retrouvai dans son visage bouleversé par la mort la douceur de l'adolescence, cette ingénuité, ce besoin de protection que trente années avaient dissimulés.

Quelques jours auparavant, alors que je m'étonnais de sa dureté, de son manque d'aménité, elle avait répliqué :

— Si tu côtoyais chaque jour l'innommable, sourirais-tu encore ? Tu vis dans un pays en paix, tu ne trembles pas en permanence, tu n'as besoin d'aucun masque pour cacher ta peur. Que Dieu protège la France et que jamais tu n'endures ce que je vis !

J'avais baissé la tête, un peu honteux.

Elle avait été exemplaire avec Rachid ; tous les jours, dès 13 heures, elle était à ses côtés et buvait chaque minute de cette vie qui s'éteignait. Elle le regardait des heures durant. Souvent, je me tenais derrière elle, sans rien dire, imaginant la baie d'Alger à nos pieds et notre passé écroulé. Je n'osais pas la toucher, sauf à 20 heures quand il fallait partir, alors je posais ma main sur son épaule et elle se levait. Nos rapports charnels se limitaient à ça, mais je vivais toute la journée dans l'espoir de cet instant.

Je savais que tout cela n'aurait qu'un temps et que, bientôt, elle s'en irait. Cette idée m'était insoutenable. Rachid avait passé le témoin, en un ultime élan d'amour il confiait ce qu'il avait de plus cher à son rival de toujours. Cet acte m'obligeait, il me donnait la force d'aller jusqu'au bout de notre histoire. Plus jamais je n'abandonnerais Inès. Pour le meilleur et pour le pire. J'en fis le serment cette nuit-là.

Je pensai à toutes ces années sans elle. Je n'avais rien, aucune relique pour exorciser ma douleur, pas le moindre objet, pas la moindre photo d'elle à seize ans. Ses traits se délitaient dans ma mémoire, mais quel enfer l'avait engloutie ?

L'Histoire nous avait broyés. Par une sinistre journée d'avril, j'avais perdu d'un coup mes amis d'enfance, ma terre et Inès. Les petits cadeaux qu'elle m'avait offerts, mon album photo, toutes les traces de mon enfance algérienne avaient disparu. Quand, à Brest, j'interrogeai ma mère sur ces menus objets, elle répondit que mon père avait vidé ma chambre et tout jeté. Ainsi, non content de m'exiler, il m'avait tué.

Je me consolai en pensant que, s'il ne l'avait pas fait, l'Algérie s'en serait chargée.

Elle ajouta qu'il avait brûlé dans le vide-ordures un paquet de lettres qui m'étaient destinées, probablement celles d'Inès. Triste fin pour des mots d'amour, si seulement ils avaient embrasé l'immeuble du Télemly !

J'ai retrouvé plus tard, après la mort de maman, quelques clichés d'enfance dissimulés sous des piles de vêtements.

Quand je rencontrai Ariane à la fac, j'espérai qu'enfin je pourrais me débarrasser du passé. Il n'en fut rien : entre elle et moi, il y avait Inès. Jamais je n'ai retrouvé dans ses bras la fougue, le désir, la passion de mes seize ans. Nous nous sommes séparés au bout de deux années de vie commune. Depuis, ma vie sentimentale est jalonnée d'aventures, de courtes liaisons. J'ai toujours ce manque, comme un drogué contraint de tromper son addiction avec de pâles ersatz.

Inès organisa en quelques heures le transfert de la dépouille de Rachid à Alger. Le surlendemain du décès eut lieu la levée du corps. Nous nous retrouvâmes dans la chapelle de l'hôpital contiguë à la morgue. J'avais demandé au personnel qui l'avait soigné d'assister à la prière de l'imam. Je m'étais souvenu des obsèques de ma mère et du sinistre sentiment de solitude sous la grisaille du ciel breton. Nous n'étions que quatre à suivre le corbillard.

Une vingtaine d'hommes et de femmes prirent place dans la chapelle débarrassée de ses bancs, Rachid ne serait pas seul pour son dernier voyage. Je lui devais bien ça. Quand l'agent des pompes funèbres voulut masquer les vitraux multicolores, Inès l'en empêcha et l'imam déclama son oraison sous les lumières bienveillantes du Christ, de la Vierge Marie et des apôtres.

Elle s'était probablement souvenue des vitraux de l'église Saint-Charles d'Alger, proche du lycée Gauthier, où je l'entraînais parfois. Ils la fascinaient, elle les contemplait de longues minutes et j'en profitais pour l'embrasser comme un voleur. Les personnages de couleur et de lumière qui s'irisaient dans le soleil alors que nous marchions dans la pénombre étaient, pour elle, une allégorie du bonheur.

Je rêvais, bercé par les versets du Coran, à ce qu'aurait pu être l'Algérie, une terre de diversité et de tolérance, où les saints catholiques se seraient mêlés à ceux de l'islam en un heureux syncrétisme.

Inès avait couvert ses cheveux d'un foulard blanc et ses yeux de lunettes opaques. Elle se tenait très droite et ne laissait rien paraître de son chagrin. À la fin de la cérémonie, elle m'embrassa et s'engouffra dans le fourgon mortuaire.

ÉPILOGUE

Inès

Pourquoi avais-je rapporté la valise de Rachid ?

Elle tournait depuis quinze minutes sur le tapis et je ne me décidais pas à la récupérer. Les passagers du vol AH 1009 avaient tous rejoint la sortie. C'était le dernier bagage, le sinistre témoin de mon échec, le douloureux symbole de mon veuvage. J'avais négligé Rachid et la parenthèse parisienne supposée heureuse s'était muée en cauchemar.

Sa petite valise noire tournoyait comme un reproche muet dans la pénombre de l'aéroport.

Le porteur s'impatienta :

— Vous êtes sûre que cette valise n'est pas la vôtre ?... C'est la dernière.

— Si, si... excusez-moi.

Quand j'ouvris mon porte-monnaie pour le payer, je trouvai la vieille pièce de cinq francs confiée par Rachid. Je n'avais même pas respecté sa dernière volonté.

Comment avais-je pu oublier ?

La culpabilité m'étouffa, j'étais au-dessous de tout.

À peine franchie la porte de l'aérogare d'Alger, je ne m'appartins plus : une foule m'attendait, mes enfants, ma famille, les frères et sœurs de Rachid, des amis proches. Il fallut parler et parler encore, évoquer sa maladie, sa mort, la levée du corps.

Avait-il eu la toilette rituelle ? Un imam était-il présent ?

Je dus me défendre encore face aux accusations voilées d'Amine et de Leïla.

Oui, j'ignorais qu'il était malade avant notre départ pour Paris.

Avais-je prononcé la profession de foi, la *shahada*, et pointé son index droit vers le ciel au moment ultime ?

Je n'osai répondre que je m'étais assoupie, épuisée par des nuits d'insomnie et que l'amour, plus que la religion, guidait ma vie depuis toujours.

Je glissai la pièce de cinq francs dans la main d'Amine.

— Tu la jetteras dans la tombe de ton père.

— Pourquoi ?

— Il me l'a demandé. Fais-le, je t'en prie.

Le cercueil fila vers le cimetière de Miramar, un bel endroit pour vivre l'éternité. Il descend vers la mer face à un îlot rocheux peuplé de mouettes et de colombes. Rachid souhaitait être enterré là ; quand nous le longions en voiture, il citait quelques vers de Paul Valéry extraits du *Cimetière marin* :

Ce toit tranquille, où marchent des colombes,
Entre les pins palpite, entre les tombes ;
Midi le juste y compose de feux
La mer, la mer toujours recommencée !

Ô récompense après une pensée
Qu'un long regard sur le calme des dieux !

Quand les islamistes avaient commencé à frapper, il avait coutume d'ajouter :

Le vent se lève !... il faut tenter de vivre !

En terre d'Islam, les femmes n'assistent pas à la mise en terre ; je n'accompagnai pas Rachid et restai à la maison avec Leïla, ma fille, mes sœurs, mes belles-sœurs et mes cousines.

Les jours qui suivent un décès, les proches s'installent au domicile du défunt. Accaparant toute l'attention, ils sont un remède contre le chagrin et la solitude. Pendant sept jours la maison fut pleine ; les femmes affalées sur des matelas posés à terre oscillaient entre rires et pleurs, les hommes assis au salon, cigarette ou verre de thé à la main, parlaient économie, politique ou football. Tous me témoignaient chaleur et affection, sauf mes enfants qui, la semaine qui suivit la disparition de leur père, furent distants, sans aucun élan.

Le lendemain de l'inhumation, nous, les femmes, allâmes nous recueillir sur sa tombe. Nous emplîmes le petit cimetière. Il faisait si beau, si doux, des herbes tendres semées de pâquerettes et d'oxalis foisonnaient dans les allées étroites ; les dalles et les stèles blanches couraient jusqu'à la mer. Je pensai à notre première sortie dans la campagne aux environs d'Alger, à l'oxalis que je lui avais fait croquer, à sa grimace, à notre premier fou rire.

Sur la plage en contrebas, des enfants jouaient au ballon, d'autres plongeaient dans l'écume. J'aimais ce puissant contraste, la joie et la vie éclaboussant le pays des morts. La tombe de Rachid n'était qu'un monticule de terre fraîche surmonté d'une pierre blanche qui marquait l'emplacement de sa tête. Je récitai face à elle un poème qu'il déclamait dès qu'un deuil frappait :

Nos seules vérités, hommes, sont nos douleurs.
Cet éclair dans nos yeux que nous nommons la vie
Brille à peine un moment à notre âme éblouie,
Qu'il s'éteint et s'allume ailleurs.

Plus nous ouvrons les yeux, plus la nuit est profonde ;
Dieu n'est qu'un mot rêvé pour expliquer le monde…

Leïla surprit mon monologue et pleura.

De retour à la maison, Amine m'interpella encore sur la pièce de cinq francs. J'expliquai le rituel antique. L'obole emportée par le mort dans sa tombe rétribuait Charon, le batelier des Enfers. Je n'osai avouer qu'après le décès de Rachid, j'avais omis de la glisser sous sa langue.

J'aurais voulu être plus proche de mes enfants, cela n'avait jamais été possible, les études de médecine laissaient si peu de temps. Le rythme infernal de l'internat, les gardes, la thèse… Je n'avais pas vu ma vie passer et la leur s'était écoulée à mon insu. Quand je les regardais, absorbés par leurs jeux, je me demandais s'ils jouaient pour m'oublier. Prenaient-ils exemple sur leur mère qui s'abrutissait de travail pour refouler un amour endormi ?

Ils ne me prêtaient alors aucune attention.

Adolescents, ils s'étaient immergés dans leurs livres et leurs cahiers, m'adressant un regard distrait quand j'entrais dans leur chambre.

Ils s'étaient fait une raison, j'étais un fantôme.

Ils avaient été élevés par leur père et ma mère.

Zohra, notre bonne, avait contribué à leur éducation, elle leur apprenait l'Algérie des pauvres, des humbles, des laissés-pour-compte de l'Histoire. J'aimais cette femme que Rachid avait surnommée « Charleston » tant elle le dansait bien. Je me souviens d'elle en saroual bouffant, agitant les jambes et les bras comme Joséphine Baker, pour le plus grand bonheur d'Amine et Leïla. Elle se démenait en riant, oubliant ses malheurs, son mari marin mort en mer, son fils monté au maquis dont elle n'avait plus de nouvelles. Il avait vingt ans. Elle avait espéré qu'il reviendrait avec l'armée des frontières, en juillet 1962 , elle l'avait attendu en vain, des nuits et des nuits, l'œil rivé sur la porte. Elle ne sut jamais ni comment ni où il était mort. Les copains qui avaient rejoint le FLN avec lui étaient tous portés disparus.

Elle n'avait demandé aucune gratification, n'avait fait valoir aucun de ses droits. Elle avait dû travailler pour éviter la misère quand d'autres, les ralliés de la dernière heure, les planqués au Maroc ou en Tunisie, se gobergeaient, brandissant bien haut leur attestation communale, témoin factice de leur engagement révolutionnaire.

Elle fut pour Amine et Leïla une mère de substitution, leur offrant les fous rires que je ne donnais jamais, les baisers dont j'étais avare, confite dans un amour avorté qui me ligotait.

J'avais honte. Elle donnait son affection sans restriction, les malheurs ne l'empêchaient ni de vivre ni de répandre sur son monde sa joie enfantine.

« Danse, Zohra, danse encore ! » criaient les enfants en tapant des mains, et elle se déhanchait, son foulard traditionnel de guingois et eux morts de rire.

Et je riais aussi, heureuse et envieuse du bonheur qu'elle leur donnait.

Au huitième jour, quand tous les proches partirent, je questionnai Amine et Leïla. Pourquoi cette froideur alors que, plus que jamais, j'avais besoin d'eux ?

Je fis face à une avalanche de reproches. Ils commencèrent par l'accessoire, qui éludait le plus profond, avant de le démasquer enfin.

Pourquoi n'avais-je pas choisi un cercueil avec lucarne afin qu'ils puissent voir leur père une dernière fois ? Comment avais-je pu ignorer sa maladie ? Ce n'était pas crédible... Pourquoi les avoir écartés ?

Et si vraiment je n'avais rien vu, c'était monstrueux, cela révélait mon indifférence. Ils avaient grandi sans moi, et leur père était mort sans eux. C'était impardonnable. Ils étaient si proches de lui, il avait compensé mon indisponibilité pathologique, ils auraient aimé lui montrer une dernière fois leur attachement, leur amour.

Je les avais trahis.

Face à mon mutisme, Leïla se déchaîna :

— Maman, es-tu vraiment notre mère ? Tu es si distante, voilà des années que tu ne nous as pas embrassés, jamais aucun élan, comme si quelque chose en toi t'empêchait d'aimer. Pourquoi, maman, pourquoi ? Papa est mort, grand-mère est à moitié folle.

Nous n'avons plus personne, nous sommes orphelins. Tu aimerais peut-être que nous mourions aussi ? Dis-le et nous disparaîtrons, le monde est vaste, on quittera ce pays de fous, tu n'entendras plus jamais parler de nous, tu pourras vivre avec cette solitude que tu aimes tant, tu auras tout le temps pour ton monde intérieur, pour ces secrets qui t'accaparent, pour cette vie où nous n'avons aucune place.

Amine emboîta le pas à sa sœur :

— Nous as-tu vraiment mis au monde ? Le jour de ma naissance a-t-il été pour toi un jour de bonheur ou un boulet qui t'ancrait dans une réalité que tu détestais ? Dis-nous, maman, on veut savoir ! Parle enfin…

Je les remerciai du réconfort qu'ils m'apportaient après des semaines de tête-à-tête avec la mort.

Oui, j'avais refusé la lucarne et j'étais soulagée qu'ils n'aient pas vu leur père une dernière fois, car il n'avait plus rien d'humain.

Oui, et encore oui, je ne savais rien de sa maladie. Il avait refusé tous les rendez-vous pris par moi, mettant son amaigrissement sur le compte du surmenage et du stress.

Avant de quitter l'hôpital, je déposais ma blouse de médecin pour n'être plus qu'une épouse ou une mère, mauvaise peut-être, mais jamais indifférente. Soigner un proche est si difficile, l'affect pervertit le jugement.

Avaient-ils oublié les magiciens et les sorcières, les princes et les princesses, les ogres et les goules, les gnomes, les fées et les lutins qui, durant des heures, avaient bercé leur enfance, les conduisant doucement vers le sommeil ?

Avaient-ils oublié les journées à Moretti, les parties de ballon sur la plage, de colin-maillard ou de pétanque, alors qu'épuisée par les gardes je jouais avec eux ?

Avaient-ils oublié mes bras, quand ils étaient chagrins ou malades ?

L'Algérie aussi était malade, j'apportais ma petite part pour tenter de la guérir, alors oui j'étais moins présente, moins attentionnée peut-être, mais jamais étrangère à leur mal-être de jeunes adultes immergés dans un pays à la dérive. J'avais hérité de la froideur de mon père, qui lui-même la tenait du sien. Dans ma famille paternelle aux puissantes racines kabyles, il n'y avait jamais d'effusions ni de déclarations d'amour ou d'affection, seuls les actes étaient témoins de l'attachement des parents à leurs enfants, les embrassades étaient réduites au minimum, aux jours de fête ou de deuil. Jamais de baisers matinaux, ni de câlins, ni de caresses. Je n'y pouvais rien, j'étais comme mon père, comme ses ancêtres, mais ils occupaient mes pensées toujours, ils étaient mes enfants pour l'éternité et je les avais enfantés, oui, quoi qu'ils puissent penser. Ils étaient mon espoir, l'espoir d'une vie meilleure que la mienne, moins torturée par l'Histoire et ses aléas. Ils devaient pardonner mes absences, mes distances. J'avais aimé leur père et je l'aimais toujours, il serait à jamais une blessure, il serait à jamais en moi comme eux l'étaient. Je les aimais, comment pouvaient-ils en douter ? Si tel n'avait pas été le cas, j'aurais rejoint la vie rêvée qu'ils me reprochaient, je me serais enfuie. J'aurais pu, mais ils étaient mon ancrage.

Émus, ils me serrèrent dans leurs bras.

Avant de quitter ma chambre, Leïla posa une dernière question :

— Quel est le poème que tu as récité pour papa ?

— *Le Tombeau d'une mère*, de Lamartine…

Comme un rappel de sa main posée chaque soir sur mon épaule, Pierre appelait tous les jours à 20 heures précises et nous parlions quelques minutes du temps qu'il faisait, des interventions du jour ou de futilités. Il tentait de me distraire, de m'attirer dans son monde, de casser cette tristesse qui ne me quittait plus. J'attendais impatiemment ses appels, le regard tourné vers le nord, face à l'étendue sombre de la Méditerranée, comme naguère ses apparitions sur le balcon du Télemly.

L'addiction était revenue.

Une nuit, alors que je déplorais l'attitude des enfants et leur incompréhension, il dit :

— Ne te torture pas. Rachid te connaissait bien et ne t'en aimait pas moins… Éloigne-toi, fais un break… Installe-toi quelques jours à l'Aletti.

Mohand

Ce matin, l'ascenseur est tombé en panne pour la troisième fois en un mois. La semaine dernière, des clients d'Arabie Saoudite sont restés bloqués plus d'une heure entre deux étages. On n'arrivait plus à faire bouger la cabine, c'était devenu un gros éléphant mort, une masse inerte. D'habitude, le technicien réussissait à rafistoler la pièce défectueuse, mais là, il a baissé les bras. Il a dit qu'il fallait en commander une neuve en France. Le directeur de l'hôtel a haussé les épaules. Impossible, vu le contexte. Les caisses sont vides. Une crainte subite m'a envahi : et si j'allais perdre mon travail ?

Lors des deux pannes précédentes, on m'avait changé d'affectation : je montais les bagages des clients à pied. Je ne m'étais pas inquiété, on avait toujours réussi à réparer le moteur. Mais là, la panne semblait définitive.

Il y a quelques semaines déjà, j'avais eu un mauvais pressentiment. J'avais perdu un des boutons dorés de ma veste. Je l'avais cherché partout, impossible de le retrouver. Pour le remplacer, j'en avais prélevé un, moins visible, sur la manche gauche. En l'inspectant, j'avais remarqué une petite fleur de lys gravée dessus.

C'est bizarre, je ne m'en étais jamais aperçu. Je ne sais pas pourquoi ça m'a fait peur. À l'école, le maître disait que c'était le symbole de la royauté, la Révolution française avait effacé les fleurs de lys et ç'avait été le début de la fin. La France ne s'en était jamais remise. Ce jour-là, j'ai ressenti la perte de ce bouton à fleur comme un début de déchéance.

La couturière de l'hôtel a cousu sur la manche un bouton doré, mais sans fleur de lys. Il attire constamment mon attention. J'ai l'impression qu'on ne voit que lui. On ne s'en rend pas toujours compte, mais la dégringolade se niche dans les détails.

Inès

La fenêtre s'ouvrait sur la mer, j'entendais le bruit des grues qui déchargeaient les bateaux, le chuintement des voitures sur le macadam, les cris des dockers. J'avais suivi les conseils de Pierre et pris une chambre à l'Aletti.

Étage élevé avec vue, mais pas la 310.

Les événements marquants de ma vie avaient eu lieu ici. Je ne supportais plus Saint-Eugène ni la maison du passé. Je devais m'en éloigner pour attendre l'oubli.

Une phrase me revenait avec insistance, elle ne me quittait pas : *Le premier amour est toujours le dernier...* Quand je citais cette phrase, il y a bien longtemps, mes amies s'esclaffaient. Pour elles, tout nouvel amour était plus grand, plus beau que le précédent. Moi, je m'étais arrêtée au premier. Depuis lors, il me torturait, c'était une muraille invisible entre la vie et moi. Mais quelle force il m'avait donnée ! Celle de résister, de refuser la soumission. La force de l'absolu.

Après Pierre, était-ce encore de l'amour ? J'étais certaine que ma vie d'épouse reposait sur du sable, et pourtant ce soir-là, face aux lumières crues qui écorchaient les eaux du port, j'avais la tête pleine de Rachid.

Il savait tout, m'avait dit Pierre, mais que pouvait-il savoir ? Notre discrétion autrefois était telle que nul ne se doutait de rien. Nous étions voisins, avions fréquenté le même jardin d'enfants, ces seuls indices ne permettaient pas d'alimenter le moindre soupçon.

Mon père avait détourné les lettres de Pierre envoyées après notre départ à Constantine. À sa mort, je les avais trouvées décachetées dans un tiroir de son bureau. Je doutais qu'il ait fait part de leur contenu à Rachid ou à ma mère. Sa pudeur obsessionnelle le lui interdisait. Je n'avais pas voulu les lire, à quoi bon exhumer un passé enseveli ? Pourquoi ajouter de la douleur à la douleur ?

Alger s'éveillait.

Derrière les montagnes, loin vers l'est, le soleil à venir colorait de rose un ciel effiloché de nuages. La ville s'étalait, déserte, jusqu'au port envahi de bateaux, leurs lumières dessinaient des flaques mouvantes sur l'eau grise.

J'avais enfin du temps, une éternité, je décidai d'aller à la rencontre de ma ville. Je ne l'avais pas arpentée depuis des mois, prise en otage par mon hôpital. Plus que jamais j'avais vécu en marge, cloîtrée dans ma villa de Saint-Eugène. Les échos du pays nous parvenaient déformés par les journaux, les radios ou les télévisions. Selon eux, le monde autour de nous était peuplé de barbus sanguinaires ; ils rôdaient, prêts à égorger les impies qui leur barraient la route du pouvoir.

La réalité était moins abrupte.

Le bel ascenseur Otis-Pifre des années trente était en panne. J'empruntai le nouveau, sans âme et sans groom.

Je sortis de l'Aletti dans la fraîcheur du matin et gagnai la rue Michelet. Des groupes de jeunes gens se pressaient vers les lycées et l'université, les filles en habits colorés, avec ou sans foulard, les garçons en jean moulant et baskets, cheveux sculptés par des tonnes de gel. Insouciants et rieurs.

J'empruntai le boulevard Mohamed V, bordé de grands palmiers, son macadam sans voitures avalait tout l'espace. Près des escaliers qui descendent vers la rue Michelet, il y avait l'école de danse du professeur Benachenhou. À l'entrée de l'immeuble étaient affichées des photos de jeunes filles un peu grasses en tutu, jouxtant celles d'un Rudolf Noureev sculptural, surpris dans une pose parfaite. Des gamins s'attroupaient souvent et se délectaient en ricanant des cuisses nues des danseuses. Le professeur se produisait régulièrement à la télévision ; dès qu'il bondissait sur scène, boudiné dans son collant blanc, mes sœurs et mes cousines éclataient d'un rire grivois.

Je faisais souvent une halte à la boulangerie au pied des escaliers qui grimpent du boulevard Saint-Saëns à la rue Daguerre. Une Française en blouse blanche y vendait le pain, c'était une grande femme blonde à chignon. Elle extrayait les baguettes odorantes de grandes corbeilles en osier et parlait avec l'accent marseillais.

Le coiffeur de mon frère avait pompeusement surnommé son salon « Alexandre ». Karim y allait tous les mois et, malgré nos supplications, il lui taillait les cheveux affreusement court. Mon père ne supportait pas les beatniks, il avait donné des consignes très strictes pour une coupe quasi militaire.

Sur le trottoir d'en face, au bas de la rue Desfontaines, je fréquentais le salon de coiffure pour dames de Mme Chelli. Elle coiffait toute ma famille, mes amies et nos voisines. C'était une femme frêle aux yeux opaline, belle comme une madone de Botticelli. Nous l'adorions et sortions de son antre gavées d'énergie et de potins. En fait, c'était une femme d'Almodovar, libre, heureuse, épicurienne, radieuse.

Toutes ces figures d'antan s'étaient volatilisées sans même laisser de fantômes bienveillants.

Je rendis visite à ma mère dans notre appartement du Télemly, je ne l'avais pas vue depuis mon retour de Paris. Pour ne pas la perturber, nous lui avions caché la mort de Rachid. La pauvre femme était engluée dans une maladie d'Alzheimer qui la tirait chaque jour plus loin de la réalité et sa mémoire, tel un iceberg à la dérive sur une mer devenue tiède, s'effondrait chaque jour par pans entiers.

— Bonjour, ma petite maman.

— Quel jour sommes-nous, Inès ?

— Jeudi.

— Ah oui, jeudi… c'est vrai… Demain c'est vendredi, j'irai à la mosquée.

— Tu n'as jamais prié à la mosquée, maman.

Elle s'étonnait, mais où était-elle donc ? À Marsa Ben M'Hidi… Port Say…

— Oui, c'est bien ça, sur la plage… Vois-tu les pins parasols qui descendent lentement des collines vers la mer ? Entends-tu le bruit du vent dans les arbres, ma petite fille ? Sens-tu la résine, vois-tu les étincelles sur l'eau ? Regarde, le Maroc est de l'autre côté de l'oued, nous avons voulu le traverser ce matin mais les douaniers algériens nous en ont empêchés.

Regarde, regarde là-bas, c'est Saïdia, la première ville marocaine.

— Maman, avec qui étais-tu ?

Elle détourna les yeux de la fenêtre où Saïdia scintillait de tous ses feux et me fixa, hagarde.

— Je ne sais plus… Vraiment, ma fille, je ne me souviens pas, tu sais, ma mémoire me joue des tours, peut-être avec un homme… peut-être avec une femme.

— Son prénom, dis-moi au moins son prénom, fais un effort.

— Ali… non, Méziane, ou peut-être Akli… Oui, c'est ça : Akli.

— Le mois dernier c'était Mokrane, ton frère, et avant ça Hassina, ta cousine… Essaie de te souvenir, maman.

— Mais non, je t'assure, je ne sais plus… Le nom d'un disparu, est-ce si important ? Pour moi l'Algérie est morte le jour où je l'ai quittée, s'exclama-t-elle soudain, posant la main sur un pendentif dont elle ne se séparait jamais.

— Mais maman, tu es à Alger !

— Pas du tout, nous sommes à Paris. Ton père a été muté en France après l'indépendance. Et d'ailleurs, où est-il ?

— Il est mort, maman.

— Mais non, il est parti avec une autre femme et m'a laissée seule, sans argent… Ramène-moi chez mon père, ma petite fille, je n'ai plus rien à faire ici. Emmène-moi à Bougie, je t'en prie…

Découragée, je fixai la baie d'Alger au travers des fenêtres.

La maladie était devenue son refuge, elle la protégeait, masquant la réalité trop cruelle d'une vie qui se dépeuplait et d'un pays qui sombrait, mais la mer était là, d'un bleu intemporel. Je pensai à Pierre et retrouvai ma force qui, un court instant, avait flanché.

Pierre

J'étais comme un enfant perdu dans la neige qui soudain retrouvait le chemin de la maison. Bientôt la cheminée fumant dans l'air glacé, bientôt la chaleur du feu et l'odeur de bois brûlé, bientôt des bras pour m'étreindre.

À ma descente d'avion, je retrouvai la lumière, l'éclat qui m'avaient tant manqué. Le soleil se déversait sur le tarmac et, si j'avais osé, j'aurais embrassé cette terre que j'avais tant aimée.

Comme avant, un air chargé d'humidité, de senteurs marines et de kérosène m'enveloppait. La baie et son cercle parfait étaient proches.

Le policier examina longtemps mon passeport.

— Vous êtes né à Alger ? Bienvenue chez vous… Soyez prudent !

Dans le taxi qui me conduisait à l'Aletti, je dévorai du regard la route et la ville qui s'étalait sur les collines. À première vue, rien n'avait changé : Alger, comme une salamandre paresseuse, s'étirait. Sur sa droite, l'amas très blanc de la Casbah et, au bas de ses maisons immaculées, telle une ceinture de perles fines, les immeubles haussmanniens du front de mer.

À gauche apparurent la trouée verte du Jardin d'essai, le musée des Beaux-Arts, le bois des Arcades et un monument phallique à la gloire des hommes tombés pour l'indépendance, le mémorial du Martyr. Je l'avais découvert sur la photo offerte par Rachid : il semblait narguer la cathédrale du Sacré-Cœur, dernier monument de la France coloniale. Face à moi, dominant la ville, je découvris le La Fayette, ce bâtiment blanc légèrement incurvé qui nous gâchait la vue et, juste derrière, mon immeuble, le Foyer universitaire.

Toutes les bâtisses avaient vieilli, du linge pendait aux fenêtres et d'innombrables paraboles défiguraient les façades. Un bloc se détachait, énorme, au-dessous du Fort l'Empereur.

— C'est l'Aurassi, un hôtel de luxe, commenta le chauffeur de taxi. On l'appelle « le Climatiseur ».

Alger était devenue une ville du tiers-monde. Les passants n'étaient plus les mêmes, aucun Européen parmi eux ; les haïks blancs des femmes s'étaient mués en tchadors et des barbus en djellaba blanche et tongs arpentaient les trottoirs. Le décor était identique mais pas les figurants.

Dans le centre-ville, des jeunes filles, cheveux lâchés, des jeunes gens insouciants en jean et baskets donnaient une touche de joie et d'Occident. Les contrastes étaient violents : une ville française délabrée, vidée de ses habitants originels, et deux populations radicalement opposées, l'une tournée vers l'orient, l'autre vers le nord. Ils expliquaient les fractures du pays, comme en 1962.

L'Aletti avait pris des rides. Les élégants fauteuils de cuir noir du hall avaient été remplacés par d'autres en tissu bleu agrémenté de feuilles de vigne. Des tapis berbères avaient été jetés au sol, la très belle réception en acajou abritait désormais une fresque d'Alger avant la conquête. Un corsaire contemplait la ville et ses vaisseaux, sur les mâts flottaient des étendards frappés du croissant. Dans ce monument inauguré lors des fêtes du centenaire de l'Algérie française et bâti à sa gloire, ce tableau symbolisait la cinglante revanche du peuple algérien.

L'hôtel était vide. Les récents attentats avaient dissuadé les rares hommes d'affaires étrangers qui y venaient encore.

Le mobilier brinquebalant, la literie défraîchie, les peintures écaillées ajoutaient à l'impression d'abandon. La splendeur du palace de mon enfance avait disparu. C'était une vieille dame épuisée et l'on retrouvait parfois, au détour d'un couloir, l'éclat fugace de sa beauté passée : une boiserie, la mer au travers d'une baie vitrée, les lustres Art déco, le profil d'une muse, le fameux ascenseur désormais hors d'usage…

Quelques heures plus tôt, à l'instant précis où les roues de l'avion avaient touché le sol, un sentiment inconnu s'était emparé de moi, violent, charnel, bouleversant : je retrouvais ma terre. Tout était solaire, et j'avais pensé à Camus évoquant les tourbillons de lumière déversés sans mesure sur les paysages algériens.

À l'Aletti, cette lumineuse exaltation avait cédé place à l'ombre triste d'un monde évaporé.

Inès était sortie, je ne l'avais pas informée de ma venue à Alger, elle aurait tout fait pour m'en dissuader.

J'avais prié le concierge de m'appeler dès son retour, mais elle tardait. Je n'eus pas le courage de franchir le seuil de l'hôtel, d'affronter la ville seul, d'en voir les meurtrissures. J'étais un enfant abandonné dont il fallait tenir la main pour le rassurer.

Je m'installai dans le hall face à l'entrée. Je patientai longtemps, avec ce mélange de peur et de désir que procure une attente espérée et redoutée.

Aucun quatuor ne jouait Telemann.

Elle était loin, l'époque où des serveurs impeccablement vêtus déambulaient avec des plateaux chargés de pâtes de fruits. Ils en offraient aux clients affalés dans les fauteuils et je m'en gavais sous l'œil complice de ma mère.

Un agent de service, en blouse grise, âgé d'une soixantaine d'années, me dévisagea, intrigué. Il passa et repassa devant moi, le regard insistant, avant de m'aborder.

— N'êtes-vous pas le filleul de Monsieur Paul ?

Monsieur Paul était mon parrain, il dirigeait le personnel de l'Aletti.

J'acquiesçai.

— Je suis Mohand, le groom. Vous ne vous souvenez pas de moi ?

Le temps, non content de lézarder la façade du palace, avait dévasté son visage. Je ne retrouvai rien du jeune homme malicieux du début des années soixante ; ses dents impeccables, son visage poupin, ses boucles rousses avaient laissé place aux chicots, aux rides profondes et aux cheveux blancs clairsemés. Nous avions à peu près le même âge, mais il semblait beaucoup plus vieux. Pour lui, la vie s'était hâtée.

Il poursuivit :

— Depuis que l'ascenseur est en panne, on m'a reconverti, je change les ampoules, répare les fuites, les serrures ou comble les fissures. L'hôtel est fatigué, il n'est plus ce qu'il était… mais bon, c'est comme ça… J'ai appris que Monsieur Paul était mort voilà deux ans, ça m'a fait de la peine, c'était un homme sévère mais juste, Dieu ait son âme. En tout cas, bienvenue… Si vous avez besoin de quoi que ce soit, n'hésitez pas… demandez Mohand, l'homme à tout faire ou l'ex-groom.

Il se mit à rire.

— Dans ce pays tout est devenu « ex », les rues, les hôtels et même les gens… Vous savez, j'ai même conservé mon uniforme de groom, je pourrai vous le montrer, il est ici, sous plastique, dans un placard…

Il me fit un signe d'adieu puis s'éloigna d'un pas mal assuré.

Inès entra soudain, silhouette décalée dans cet Alger des années quatre-vingt-dix. Impeccable dans son tailleur gris, elle ressemblait à une Européenne évadée du passé, la cliente élégante d'un palace colonial. Elle se dirigea vers l'accueil.

Je m'approchai d'elle et murmurai :

— Inès…

Elle tourna brusquement la tête et me regarda, effarée, comme si j'étais un spectre échappé des Enfers. Elle posa la main sur mon bras et s'exclama :

— Mais tu es fou !

Nous dînâmes au restaurant de l'hôtel, Le Chantecler, rebaptisé La Baie d'Alger. La salle s'ouvrait sur la mer. Les lustres Art déco, telles des pagodes de cristal et de laiton, se reflétaient sur les vitres et leurs lumières se mêlaient à celles du port.

Enfant, je n'y avais déjeuné qu'une seule fois, pour les quarante ans de ma mère. J'en gardais un souvenir ébloui : j'avais mangé pour la première fois de la langouste et m'en étais longtemps vanté auprès de mes copains. J'accolais depuis lors le mot « thermidor » au plus banal des plats pour l'anoblir, c'est ainsi que la purée, les frites, les lentilles ou le couscous étaient devenus « thermidor ».

L'anecdote dérida Inès.

Il n'y avait plus de langouste thermidor à la carte.

Elle me fit part d'un étonnant hasard, son mariage dans cette même salle et sa nuit de noces dans la chambre 310, celle-là même où nous avions passé un après-midi. Je fus troublé, elle évoquait ce moment pour la première fois depuis nos retrouvailles.

Je vis dans son regard, à cet instant précis, nos corps enlacés, le ballet des rideaux dans la brise. Je sentis l'odeur de la mer. Elle ne pouvait occulter nos étreintes et le plaisir insensé sur le point de nous anéantir. Un plaisir si violent qu'il me bouleverse encore, un plaisir jamais plus retrouvé.

Je regardai ses yeux d'un vert si beau, ces yeux dont je rêvais depuis trente ans, ces yeux qui me fixaient ce soir avec douceur. Ils m'emplissaient d'un bonheur extravagant, elle était enfin là et tout pourrait peut-être recommencer !

— Penses-tu vraiment que ton mariage à l'Aletti a été le fruit du hasard ?

Ma question la décontenança.

— Que veux-tu dire ?

— Rachid savait vraiment tout de notre liaison. Il me l'a dit avant l'intervention.

— Il t'a parlé de l'après-midi d'avril ?

— En quelque sorte...

Elle tourna son visage vers la baie et la contempla longtemps. Sans me regarder, elle murmura enfin :

— Pourquoi a-t-il organisé notre mariage ici ?

— Pour ajouter du mystère à ton mystère... pour t'éprouver... pour qu'aujourd'hui tu comprennes l'étendue de son amour.

Mohand

Comme Rachid il y a quelques semaines, Pierre ne m'a pas reconnu, il faut dire que ça fait longtemps – plus de trente ans ! Moi, je n'ai eu aucun mal, son visage et celui d'Inès sont restés gravés dans ma tête. Le sien n'a pas beaucoup changé, juste quelques rides de plus et l'assurance des gens qui ont réussi. Il est plus en forme que Rachid, les pays structurés ça protège.

Ma vie est difficile et ça se voit. J'ai travaillé dur pour essayer de donner à mes enfants ce que je n'avais pas, une éducation, un vrai métier et le bonheur. Pour des parents, la descendance, c'est comme l'au-delà, une grande espérance. On souhaite que nos filles et nos fils réalisent ce que nous avons toujours voulu sans jamais l'obtenir et qu'ils accèdent de leur vivant à un monde de lait et de miel, une sorte de paradis que nous, moins chanceux, ne connaîtrons qu'après la mort, s'il existe… Je suis épuisé et vieux, on croirait que Pierre est mon fils alors que nous avons le même âge.

J'ai toujours rêvé de voyager mais, les soirs où je termine tard, je ne peux même pas prendre un taxi pour rentrer chez moi, faute d'argent. Je suis obligé de dormir à l'hôtel dans un réduit glacé l'hiver, étouffant l'été. Alors, une place d'avion ou de bateau, inutile d'y penser. J'aurais aimé voir de belles villes, m'attabler à une terrasse de café et, pendant des heures, regarder les gens passer, profiter de leur bonheur dans des pays sereins. Juste une fois, pour me dire qu'en travaillant je réalisais mes rêves.

Je n'ai jamais pu le faire.

Pourtant, après l'indépendance, je pensais que tout allait changer et que je pourrais enfin vivre décemment. Quand de Gaulle a déclaré l'Algérie indépendante, les femmes de mon immeuble ont poussé des youyous, comme ma mère l'avait fait quand mon père était mort. J'ai toujours trouvé bizarre qu'un même cri célèbre les plus grandes douleurs et les plus grands bonheurs. Peut-être que chaque joie porte en elle le germe de malheurs futurs.

J'aurais dû me méfier !

Mais nous étions si heureux, nous sommes tous sortis dans les rues d'Alger pour hurler notre joie, pendant des jours et des nuits. J'ai tellement crié qu'au bout de quelques heures je n'avais plus de voix. Les gens dansaient sur les trottoirs, il y avait des pantomimes et les klaxons des voitures ne jouaient plus « Al-gé-rie fran-çaise » mais « *Tah-ya Dja-za-ir*, vive l'Algérie ».

En fait, les colons ont été remplacés par d'autres colons. Ils ont tout volé, les maisons, les magasins et l'argent du pétrole. J'avais un copain qui travaillait ici, il était serveur. En juillet 1962, il a forcé les portes de plusieurs appartements qui appartenaient à des pieds-noirs, il y a installé ses frères et sœurs. Il a occupé une pâtisserie du centre-ville et il est devenu riche, comme ça, du jour au lendemain. Il était protégé par son frère, lieutenant dans l'Armée de libération nationale. Moi, j'étais incapable de prendre le bien des autres, j'aurais eu honte. Je voulais une vie meilleure mais honnête. Ça ne m'a pas réussi. Un jour, comme je m'indignais du comportement des escrocs qui pillent l'Algérie, une cliente m'a dit :

— Pourquoi voulez-vous qu'ils s'arrêtent ? Tant qu'on ne vous a pas attrapé, bien mal acquis profite.

Je me suis demandé ce que Pierre faisait en Algérie, vraiment, il avait mal choisi sa période. Il n'y a plus un seul étranger à Alger et personne dans l'hôtel, heureusement que l'État est propriétaire, sinon nous aurions fermé depuis bien longtemps.

Quand, hier soir, j'ai vu Inès à la réception, j'ai tout de suite compris pourquoi il était revenu. Elle ne m'a pas reconnu non plus. Le réceptionniste m'a appris qu'elle était là depuis deux jours. Je ne l'ai pas vue arriver, j'étais en congé.

C'est incroyable, leur histoire dure toujours. Moi qui pensais que leur liaison s'était limitée à moins de deux heures dans une chambre, je m'étais trompé. Ils s'aiment et Pierre n'est pas le petit salaud que j'imaginais. Ça me touche.

Mais son mari, il est où ?

Ils sont peut-être divorcés.

C'est sans doute pour ça que Rachid est revenu à l'Aletti, il y a deux mois. Comme en pèlerinage. Je demanderai, à l'occasion. Ça m'intéresse de savoir. Cet hôtel doit tenir une place importante dans leurs vies pour qu'ils éprouvent le besoin d'y revenir. Dans leur histoire à tous les trois, je suis peut-être un élément important. J'ai l'impression de tirer les ficelles. Au moins, j'aurai servi à quelque chose.

En tout cas, bientôt je leur ferai une surprise…

Pierre

J'étais frustré, Inès dormait à quelques mètres et je ne pouvais la rejoindre pour me lover contre elle. Je retrouvais le sentiment qui m'habitait quand, sur nos balcons du Télemly, nous nous désirions sans pouvoir nous toucher et que, dans nos chambres contiguës, séparés par une simple cloison, nous pensions chaque nuit l'un à l'autre.

Le lendemain, au petit déjeuner, elle me dit :

— À Paris tu m'as reproché d'être dure, d'avoir perdu ma joie d'adolescente. Sortons et tu comprendras pourquoi.

Face à l'hôtel, il y avait un cinéma, Le Triomphe, il était toujours là. J'y allais parfois. Les salles obscures étaient ma passion, je guettais leur programme dans *L'Écho d'Alger*, acheté en cachette car mon père détestait la ligne éditoriale du journal, et, dès qu'un film sortait, je suppliais ma mère de m'emmener le voir. Nous avions le choix entre plusieurs salles proches de chez nous : le Versailles, l'ABC, le Debussy, le Français ou l'Empire.

La caissière biffait sur un plan, au crayon gras, bleu ou rouge, l'emplacement des sièges qu'elle attribuait. Elle nous tendait des tickets extraits d'un rouleau après y avoir inscrit une lettre et un numéro. Je connaissais les bonnes places par cœur et, si elles étaient libres, les réclamais.

Nous entrions dans des palais aux sièges couverts de velours. Sur l'écran, le dessin d'un négrillon hilare en tenue de groom annonçait les publicités produites par la société Afric Film, 13 rue Auber, Alger. Nous disions « réclames » à l'époque, elles précédaient de peu la vente par l'ouvreuse de bonbons, caramels et chocolats glacés. Je croisais parfois Inès et glissais discrètement une friandise dans sa poche. Les places de cinéma étaient chères, son père n'avait pas les moyens d'en payer chaque semaine.

Nous nous souvînmes d'avoir vu Brigitte Bardot au Triomphe dans *Babette s'en va-t-en guerre.*

Fin 1961, l'actrice refusa de verser les cinquante mille nouveaux francs que lui réclamait l'OAS dans une lettre écrite au nom du général Salan. Elle en envoya une copie à *L'Express*, journal de gauche à l'époque, accompagnée d'une réponse :

Les inspirateurs de ce genre de lettres seront rapidement mis hors d'état de nuire s'ils se heurtent partout à un refus net et public de gens qu'ils cherchent à terroriser par leurs menaces et leurs attentats. En tout cas, moi, je ne marche pas parce que je n'ai pas envie de vivre dans un pays nazi.

L'Aurore, quotidien de droite, titra : *Babette s'en va-t-en guerre contre l'OAS.*

J'avais été ravi quand, le soir de la Saint-Sylvestre 1961, l'OAS avait brouillé une émission télévisée où elle apparaissait. Le lendemain, Inès et moi nous étions violemment disputés à cause d'elle. Inès admirait son courage, je fustigeais son manque d'engagement pour l'Algérie française.

Je rappelai cet épisode à Inès, elle sourit et dit :

— Tu verras, Alger, c'est Brigitte Bardot aujourd'hui, sans oublier ce qu'elle a été dans les années cinquante.

Nous nous dirigeâmes vers la Grande Poste. Elle n'avait rien perdu de sa majesté, l'intérieur couvert de stucs et de boiseries était toujours aussi beau, la splendide coupole soutenue par des colonnes de marbre caramel était tapissée de dentelles mauresques. La plaque « Métropole » d'une des trois boîtes aux lettres extérieures avait été remplacée par « Étranger ».

Nous montâmes vers l'hôtel Albert Ier, haussmannien et rococo, qui n'avait pas été débaptisé, au contraire de l'Aletti qui s'appelait désormais « Es-Safir ». L'horloge fleurie du jardin du même nom ne ressemblait plus à celle que j'avais connue, foisonnante et multicolore ; seules quelques fleurs anémiques plantées çà et là justifiaient encore son appellation. Plus haut, le monument aux morts de la Grande Guerre sculpté par Paul Landowski avait été recouvert d'un hideux coffre de béton – une autre mort pour les dix mille victimes algéroises dont les noms avaient déjà été martelés après l'indépendance. J'avais le souvenir de trois chevaux pleins de force, tête baissée, d'une Marianne encadrée par deux cavaliers, l'un arabe, l'autre européen, soutenant de leurs bras tendus un catafalque.

Je pris Inès à partie :

— La colonisation est un fait historique, pourquoi en effacer les traces quand elles sont belles ?

— Après la guerre d'Algérie, répondit-elle, il était impensable de laisser un monument à la gloire d'hommes morts pour la France. Des centaines de milliers d'Algériens venaient de tomber sous les balles françaises. La beauté ne faisait pas le poids face à la douleur.

Plus haut, s'étalait au pied du Palais du gouvernement l'immense place Georges Clemenceau, dallée de marbre. On l'appelait aussi « forum ». Le gamin de douze ans qui, le 15 mai 1958, y acclamait dans l'euphorie le général Salan n'imaginait pas qu'il franchirait la Méditerranée quatre années plus tard. Pour toujours, comme tant d'autres.

Les façades des immeubles s'étaient dégradées, des fils d'antennes couraient sur les murs, les ferronneries des balcons rouillaient, les fenêtres et les volets avaient été repeints en bleu layette, des ordures jonchaient les ruelles. Un sentiment d'abandon m'oppressa. Les Romains, au lendemain de la chute de l'Empire, avaient dû éprouver à Rome cette impression d'inexorable délitement.

Je n'eus pas le courage de prendre le boulevard Pasteur, le tunnel des Facultés puis le boulevard Saint-Saëns pour me rendre au Télemly, comme le suggérait Inès. Mon compte nostalgie était saturé.

Nous nous dirigeâmes vers la rue d'Isly, les trottoirs envahis de jeunes gens, les terrasses de café et les boutiques bondées faisaient oublier l'horreur quotidienne des assassinats, des attentats. Je me souvins d'un des slogans de l'armée secrète qui s'applique, en fait, à toutes les organisations terroristes : « L'OAS frappe où elle veut, quand elle veut, qui elle veut. »

Nous revînmes vers la Grande Poste et fîmes une halte au jardin Guynemer, rebaptisé square Sofia après 1962. Quand j'étais enfant, j'en faisais le tour sur un tricycle tiré par un cheval en carton-pâte que ma mère louait quelques francs à un petit homme rond et jovial. Tout en bas du jardin, je m'accoudais à la balustrade qui surplombait un cercle militaire et guettais les soldats pour essayer d'en déterminer le corps d'armée grâce à l'uniforme.

Nous nous assîmes sur un banc et contemplâmes le ciel qui se teintait de rose aux abords du soir. Les cris des martinets qui le zébraient d'un vol rapide me rappelaient mon balcon du Télemly. Là, j'attendais Inès en musique, parfois pendant des heures, et suivais des yeux les nuages – s'ils venaient de l'ouest, ils annonçaient la pluie, s'ils venaient de l'est, ils promettaient l'azur.

Inès, dont j'avais été privé si longtemps, était près de moi. Sa présence m'apaisa. Je pensai à notre amour sans rouille ni lézardes qui avait résisté au temps, à nos cœurs d'adolescents qui battaient toujours dans cette ville aux bâtisses à l'abandon, aux trottoirs défoncés, aux monuments travestis.

Inès

Tout au long de notre errance, je perçus son émotion et me tus, me contentant de répondre aux questions qu'il posait. J'avais vu la ville se dégrader lentement et m'étais habituée à la déglingue environnante. J'imaginai son désarroi. Le choc serait encore plus brutal quand il découvrirait notre immeuble du Télemly. Comprenait-il enfin pourquoi l'insouciance et la joie de mes seize ans s'étaient évanouies ? On nous avait promis des lendemains qui chantaient et des apprentis sorciers nous avaient menés à la catastrophe, semant la division, dressant les arabophones contre les francophones, appuyant sur l'aiguillon de la religion pour contrer les laïcs, les progressistes et les communistes, laissant s'instiller le poison de l'intégrisme et prônant un retour aux « vraies » valeurs de nos ancêtres.

Le vendredi était devenu un jour sinistre où, dès midi, la vie s'arrêtait. Nous étions agressés par les prêches des imams relayés par des centaines de haut-parleurs. La religion forçait les portes de notre conscience. Une de mes tantes, réfractaire comme moi à toute contrainte, parlait de pornographie religieuse.

Depuis quelques années, les islamistes entendaient nous imposer le cadre insensé d'une foi pervertie. Comment sourire alors que le danger et le sang étaient partout ?

J'avais vu tomber des collègues, des amis accusés d'appartenir au parti de la France. Comme si nous avions un quelconque regret de sa domination ! Nous aimions les valeurs des Lumières portées par la Révolution française sans être pour autant des traîtres. Nous rêvions de liberté, d'égalité et de fraternité et avions récolté la haine !

En voyant le jour mourir sur le square Sofia, je pensai à Rachid, à sa tombe, à la sérénité du cimetière de Miramar, au rose qui caressait les stèles, à la mer qui incessamment refluait sur le sable de la plage en contrebas, aux premiers instants de sa paix éternelle.

Pierre

Au jardin Guynemer, l'air était incroyablement doux et les douleurs qu'il révélait encore plus cuisantes. Toute mon enfance défilait tel un vieux film saccadé aux couleurs intactes ; certaines scènes étaient floues mais très vite la mémoire restituait les formes et les détails, jusqu'aux parfums.

Un chat éternel s'étirait sur un faux poivrier. Il me ramena à la villa de Surcouf, en bord de mer. Elle appartenait à un vieil oncle et nous y passions de temps à autre quelques vacances. Très vite, elle submergea ma mémoire. Je la décrivis à Inès tant elle était présente. Posée au centre d'un parc ceint de hauts murs chaulés de blanc, elle dominait la plage. Jasmin et chèvrefeuille mêlés embaumaient l'air. Un faux poivrier, à l'ombre dentelée et ténue, abritait ma mère les fins d'après-midi en été, projetant sur l'herbe et les pages des magazines un léger frémissement. J'aimais y grimper, je rêvais là, bientôt rejoint par le chat de la maison.

Phébus, perché sur une autre branche, me surveillait l'air de rien, ouvrant de temps à autre un œil faussement endormi, ronronnant par à-coups, s'étirant parfois, les griffes plantées dans l'écorce tendre, son pelage gris-bleu parsemé de taches de soleil.

Je lisais de vieilles bandes dessinées, héritage de ma grand-mère paternelle : *Bibi Fricotin*, *Bécassine* ou *Bicot*, dont les feuilles jaunies, buvardées et pelucheuses sentaient l'ancien. Je reniflais souvent ces albums, fermais les yeux et imaginais l'autre enfant qui, trente années plus tôt, avait tourné les mêmes pages, l'enfant devenu ce père dur et inflexible.

Quand, le soir venu, sur sa branche du faux poivrier, Phébus se dressait en arceau ébouriffé, la queue tremblante à la verticale, comme un chat de Modigliani, je savais que la voiture de mon père approchait et j'abandonnais à regret ma cachette de peur d'être privé de dessert, de lecture ou de plage, car il était interdit de monter aux arbres.

Les galants de nuit délivraient peu à peu leur parfum capiteux jusqu'à bientôt enivrer l'air et les sens. Je pensais alors à elle, à Inès, en chemise légère étendue à même le carrelage pour trouver un peu de fraîcheur et de sommeil dans le sirocco brûlant qui embrasait Alger et les forêts alentour.

Malgré les blessures, fis-je remarquer à Inès, la beauté de cette ville était poignante, comme celle de Brigitte Bardot. Je comprenais enfin la comparaison. Quand on voyait la vieille star, apparaissait en surimpression la sublime actrice des années cinquante. Sa bouche et ses yeux, bien qu'altérés, évoquaient la moue boudeuse de la *Ravissante Idiote* et le regard tragique de l'héroïne de *La Vérité*.

L'Aletti, l'horloge florale, les immeubles fissurés avaient été victimes du temps et de la négligence des hommes, mais le ciel de Méditerranée, le port et ses bateaux, le chat dans le faux poivrier, les martinets aux cris stridents et le chant des muezzins touchaient l'éternité.

Inès

Quand nous revînmes à l'Aletti, un vieux monsieur était assis sur un tabouret près des ascenseurs, il avait endossé une tenue de groom élimée. La seule machine en état de marche étant automatique, je trouvai ridicule que l'hôtel emploie encore un liftier.

La veste de sa tenue était défraîchie et des fils s'échappaient des coutures au bas des manches, le pantalon était rapiécé sur les cuisses, seule la casquette avait traversé les années sans trop de dommages. Son visage ridé et son sourire édenté donnaient à cet homme l'allure d'un clown pathétique. D'ordinaire, les grooms sont de tout jeunes gens, sa présence avait quelque chose d'inquiétant.

Les ferronneries intactes des portes aux motifs Art déco argent, les cabines acajou au parquet de bois clair témoignaient de l'ancien éclat du lieu.

Il nous accompagna et pressa, inutile, les boutons de nos étages respectifs. Pierre était au troisième et moi au cinquième. J'étais mal à l'aise, ce vestige des temps anciens me troublait, il soulignait avec force la décrépitude ambiante.

Mais pas seulement.

Défilèrent l'après-midi d'avril 1962, la réception du ministre Boumaza puis mon mariage. Le groom de l'Aletti avait ponctué ma vie et ses événements marquants.

Voilà qu'il surgissait encore.

Je n'étais plus l'adolescente de seize ans au cœur battant, ni même la jeune femme résignée au cœur devenu raisonnable. Mes rêves d'idylle s'étaient évaporés. La destinée ne m'avait pas ménagée.

Mais, à vrai dire, qui épargnait-elle ?

Quand j'aperçus mon visage dans la glace de la cabine et, en arrière-plan, le costume rouge passé du liftier, je me demandai si le destin ne me jouait pas un mauvais tour. Trente années s'étaient écoulées et nous jouions un simulacre du même film, un mauvais remake. On ne se voit pas vieillir dans les miroirs de tous les jours, dans ceux qui nous accompagnent ; dans celui-ci, je prenais en pleine face l'évidence du temps qui passe.

Pierre souriait. La présence de cet homme n'éveillait pas en lui le même malaise, il lui fit même un clin d'œil en sortant de l'ascenseur au troisième.

Au cinquième étage, avant de quitter la cabine, le vieux groom me mit en garde :

— Attention à la marche, mademoiselle, elle est traître, vous risquez de tomber.

Il n'y avait pas de marche. Je le fixai, interloquée :

— Mohand ?

— Oui, madame.

Le frais jeune homme des années soixante s'était mué en vieillard.

— Vous êtes toujours là ?

— Comme vous voyez, fidèle au poste.

— Je ne vous ai pas reconnu, excusez-moi.

— Oh, ce n'est pas grave. Vous, vous êtes toujours aussi belle, et je dirais même encore plus. La dernière fois que je vous ai vue, c'était pour votre mariage… Votre mari n'est pas avec vous ?

— Rachid est mort il y a quinze jours.

— *Allah irahmou*… Dieu ait son âme… désolé.

— Vous ne pouviez pas savoir.

Et, alors que la porte se refermait, j'ajoutai :

— Mohand… plus aucune marche ne me fera tomber.

Mohand

Elle avait l'air effrayée quand elle a compris, comme si j'étais devenu un monstre. C'est vrai que j'étais plutôt joli garçon. Eux, ils ont vieilli mais ils sont toujours beaux, l'argent conserve la jeunesse. Quand je vois ma femme, je me dis que la vie est injuste. Elle aussi était jolie, maintenant elle ne ressemble plus à rien, tellement elle a grossi.

Je m'en veux, je n'ai pas pu lui donner la vie qu'elle méritait. Pourtant, j'ai travaillé dur. Finalement, ça n'a servi à rien, la paie est toujours aussi maigre à la fin du mois.

J'ai pu obtenir un deux pièces quand je me suis marié, Dieu merci. Quand notre premier enfant est né, j'ai essayé d'avoir plus grand mais impossible, c'était la crise du logement. Certains de mes collègues dormaient par roulement, c'était trop petit chez eux, ils attendaient leur tour dans la rue, à tenir les murs. Je ne voulais pas de ça pour les miens, c'est pour ça que je n'ai eu que deux fils.

Monsieur Pierre avait l'air content de ma farce, Inès n'a pas eu conscience que c'en était une. Elle pense que je suis toujours liftier.

Je me demande pourquoi ils ne sont pas au même étage. Il est évident qu'ils ne pouvaient pas prendre la même chambre, on exige un livret de famille à la réception, mais il aurait été plus simple qu'ils soient tous les deux au troisième ou au cinquième. Peut-être n'y a-t-il plus rien entre eux ? Peut-être qu'il est juste là par amitié, pour la soutenir dans son deuil ?

Mais alors, pourquoi elle est à l'hôtel ?

J'ai toujours trouvé leur relation étrange, le comportement d'Inès n'est pas celui d'une Algérienne normale.

Quand j'ai appris à son pauvre mari qu'elle s'était enfermée dans une chambre avec un petit pied-noir, il m'a fait répéter trois fois l'histoire. Il ne me croyait pas. Il l'a quand même épousée, il devait l'aimer à la folie, moi je n'aurais jamais fait ça, même avec la plus belle fille du monde. La virginité c'est un trésor, c'est le cadeau de mariage d'une femme à son mari. Je pense qu'il a voulu passer la nuit de noces dans la 310, la même qu'en avril 1962, pour lui donner une leçon. C'était une façon de lui montrer qu'il savait et que, malgré tout, il pardonnait. Je comprends maintenant pourquoi il est revenu à l'Aletti, il voulait revoir les lieux de son bonheur avant de mourir, il savait qu'il était condamné.

Pierre doit beaucoup aimer Inès pour oser venir à Alger en plein terrorisme. Soit il est inconscient, soit il n'a pas peur de mourir.

Les islamistes ont dit et redit qu'ils ne voulaient plus d'étrangers en Algérie. Il ne faudrait pas qu'il reste trop longtemps ici.

Le comportement des gens riches m'a toujours semblé bizarre. Avant l'indépendance, un habitué qui avait fait fortune dans l'import-export m'a donné un bijou pour une femme. Elle venait d'arriver à l'hôtel avec son mari, elle était magnifique. Il m'a demandé d'attendre qu'elle soit seule dans l'ascenseur pour le lui remettre avec un petit mot. Elle a pris l'écrin et la lettre sans rien dire, les a glissés dans son sac et m'a donné un billet de mille francs. J'étais heureux comme tout. Le lendemain, elle quittait l'hôtel. Il ne s'était rien passé entre eux.

Les riches sont capables de dépenser des fortunes pour des choses qui ne servent à rien, des choses qui leur font imaginer qu'ils vivent plus fort que les autres.

Pourquoi Inès est-elle à l'hôtel alors qu'elle habite Alger ?

Son mari mort, elle aurait pu héberger Pierre.

L'argent fait vraiment faire n'importe quoi !

Inès

Je reçus un appel de mon fils à 6 heures du matin : un groupe terroriste avait attaqué un quartier des faubourgs d'Alger, on comptait les morts et les blessés par centaines. On me réclamait à l'hôpital, toutes les urgences d'Alger et sa périphérie étaient débordées. Je m'habillai à la hâte et prévins Pierre.

— Je t'accompagne, dit-il sans hésiter.

— Hors de question, répondis-je. Trop dangereux. C'est en pleine zone islamiste.

— Tu auras besoin de moi…

Nous franchîmes en taxi plusieurs barrages de police, la ville était en état de siège, nous mîmes près d'une heure à atteindre l'hôpital. Un embouteillage nous força à marcher les cinq cents derniers mètres. Des voitures, des camionnettes, des ambulances obstruaient l'entrée. Femmes et hommes blessés soutenus par des proches hagards, chaises roulantes, brancards de fortune convergeaient vers les urgences, la salle d'attente était bondée, des cris, des pleurs, des plaies et du sang partout. L'affreux sentiment d'être au sein d'un abattoir d'où les bouchers auraient fui sans achever leurs victimes.

Les fous de Dieu avaient laissé libre cours à leur haine en égorgeant, éventrant, brûlant.

J'établis avec mes internes une liste des patients prioritaires, tout le personnel avait été réquisitionné. Nous ouvrîmes les quatre salles d'opération du bloc. Je demandai à Pierre de s'habiller et nous opérâmes ensemble. Nous débutâmes par une jeune femme le ventre ouvert au sabre, ses intestins avaient été sectionnés en de nombreux endroits. J'intervins avec rage, c'était ma façon de combattre les assassins. Sauver les vies qu'ils voulaient anéantir était ma plus belle revanche. Je disséquai, suturai, coagulai, œuvrant à une vitesse folle, mue par la colère. Pierre m'aidait, impressionné par ma rapidité. En quelques minutes, notre complicité s'était étendue à la chirurgie, nous étions deux rouages parfaitement engrenés, chacun devançant les souhaits de l'autre en une chorégraphie à l'efficacité redoutable.

De temps à autre nos regards se croisaient et, quand le geste devenait périlleux, il prenait la main. Élégant et doux, Pierre était d'une précision mathématique. Jamais je n'avais vu d'opérateur aussi doué. Le personnel du bloc suivait, subjugué, l'intervention.

Nous enchaînâmes les patients jusqu'au soir, ne prenant même pas le temps de manger. Vers 20 heures, les urgences absolues ayant été traitées, nous fîmes une pause. Nous étions épuisés. Les infirmières du bloc avaient improvisé un repas et nous dînâmes tous ensemble. Nous mangeâmes en silence, écrasés par ce que nous avions vécu. Au dessert – quelques oranges et des dattes –, les langues se délièrent mais nul ne parla de l'horreur ambiante.

Nadia déposerait bientôt une demande de visa pour des vacances tranquilles avec son mari, n'importe quel pays ferait l'affaire pourvu qu'il soit en paix. Aïcha avait programmé une virée dans le Tassili la semaine suivante, c'était calme là-bas, elle voulait du silence. Hamid rêvait de voiture, il économisait depuis quatre ans et, quand il en aurait une, prendrait deux mois de congé pour visiter l'Algérie. Tous rêvaient d'ailleurs, mais nul n'évoquait un départ définitif.

Ils n'abandonneraient pas leur pays en guerre.

Faïza, fiancée à un militaire, avait programmé son mariage pour l'été, elle espérait une permission pour Mourad. Un an qu'on la lui refusait !

Quand l'atmosphère se détendit tout à fait, ils questionnèrent Pierre : qui était-il ? D'où venait-il ? Je répondis qu'il était chirurgien, suisse, de passage à Alger pour des conférences. La Suisse les fit rêver, ils la voyaient comme un eldorado paisible, couvert de pins et de chalets aux toits enneigés, un paradis aux rues pavées de chocolat.

L'évasion était le meilleur antidote à la mort.

Nadia prit une marmite, battit le rythme pour accompagner sa voix et chanta. Nous nous tûmes. Sa chanson était un acte de résistance, elle narguait ceux qui interdisaient la musique, la danse, le théâtre et la peinture. C'était un cri de vie aux salauds qui prônaient le désert des sens jusqu'au paradis. Tous ces visages fatigués dans la lumière crue des néons, cette jeunesse pleine d'espérance, c'était l'Algérie qui refusait de céder, l'Algérie debout contre l'innommable, voix et mains nues.

Quelles pensées agitaient Pierre à ce moment précis ?

Il était dans l'Algérie vraie, celle qu'il n'avait jamais connue, et tous s'exprimaient dans sa langue alors qu'ils n'avaient jamais connu la France.

Regrettait-il son engagement auprès de ceux qui avaient tué Mouloud Feraoun, le grand écrivain francophone, incendié la bibliothèque de l'université d'Alger, semé la désolation avec leur infâme politique de la terre brûlée ?

Tous les extrémismes se ressemblent, et notre pays avait eu la malchance d'en subir deux en trente ans.

Pierre

J'avais vécu l'indicible, entouré d'une jeunesse à qui l'on volait ses plus belles années.

L'arrogance, la cécité du pouvoir suscitent les rébellions et les extrémistes se déchaînent, capitalisant sur l'exaspération des populations.

La révolte des Algériens contre la colonisation était finalement légitime, nul n'avait jamais entendu leurs revendications. Les massacres de Sétif et Guelma, en 1945, avaient horrifié les musulmans. Le FLN avait cueilli les raisins de la colère. De Gaulle avait ignoré la terreur des pieds-noirs, il les méprisait. L'OAS fut l'expression de leur détresse. Je m'étais engagé car il n'existait aucun autre moyen d'éviter l'irrémédiable. Le FIS, le GIA et l'islamisme radical étaient une réponse à la brutalité de la dictature militaire.

Camus disait : « En Algérie comme ailleurs, le terrorisme s'explique par l'absence d'espoir. Il naît toujours et partout, en effet, de la solitude, de l'idée qu'il n'y a plus de recours ni d'avenir, que les murs et les fenêtres sont trop épais et que, pour respirer seulement, pour avancer un peu, il faut les faire sauter[1]. »

1. *L'Express*, 9 juillet 1955.

La solitude des pieds-noirs en 1962 était abyssale, je voulais pulvériser le silence. J'ai été un terroriste. Aujourd'hui, j'ai tenté de réparer les blessures que j'ai infligées il y a trente ans.

Où est la logique, quel sens à tout cela ?

J'avais mal répondu à de bonnes questions.

Quand, à l'hôpital, je vis Nadia, l'infirmière de bloc, s'emparer d'une marmite pour battre la mesure et chanter, je pensai aux concerts de casseroles des dernières années de l'Algérie française. Nous nous étions servis, trente années plus tôt, du même mode d'expression dérisoire pour conjurer notre désespoir.

Impossible de rentrer à l'hôtel à cause du couvre-feu, nous dormîmes à l'hôpital, les hommes dans une chambre et les femmes dans une autre. Tous me dirent leur gratitude, ils se sentaient moins seuls. L'Europe était si lointaine, si indifférente à leurs malheurs. Elle les regardait se débattre au fond du gouffre sans agir. L'Occident était confit dans ses certitudes, assoupi dans sa ouate, inconscient qu'un jour peut-être le poison de l'extrémisme infuserait ses racines jusque dans son sol.

Le lendemain matin, Inès m'informa qu'il fallait partir sans attendre. Les islamistes étaient informés de ma présence à l'hôpital, ils me donnaient vingt-quatre heures pour quitter l'Algérie. Un émir qu'elle avait soigné l'avait prévenue. Je ne devais la vie sauve qu'à l'estime qu'il lui portait. Chirurgien français réputé, pied-noir, ancien membre de l'OAS, j'étais une cible idéale.

Elle avait affrété une ambulance, nous ne devions pas retourner à l'hôtel, elle se chargerait de récupérer mon bagage et de réserver un vol pour le lendemain matin. Je n'avais pas peur, j'étais avec elle et cela seul comptait. L'idée de la quitter dans quelques heures m'était douloureuse.

— Où allons-nous ?

— Chez ma mère, au Télemly, personne ne viendra te chercher là-bas.

Le Foyer universitaire algérois ressemblait désormais aux barres d'immeubles des banlieues françaises défavorisées. La peinture des grilles d'enceinte rouillées s'écaillait, des fenêtres en aluminium et plexiglas obturaient quelques loggias et balcons, défigurant la façade, des ordures jetées des fenêtres jonchaient la cour en contrebas. Des enfants jouaient au ballon. La façade côté mer était hérissée de paraboles et le blanc du La Fayette, le bâtiment qui nous bouchait la vue, avait viré au gris.

La lampe de l'ascenseur ainsi que son cache de verre avaient disparu, la douille pendait nue, une odeur nauséabonde flottait dans la cabine. Nous étions plongés dans le noir. Ce lieu si cher à mes souvenirs était devenu un cloaque qui m'ôtait toute velléité de voler un baiser.

La mère d'Inès, allongée sur son lit, somnolait. Le choc fut aussi violent pour moi que la découverte de l'immeuble du Télemly. Je me souvenais d'une femme blonde, belle, élégante, au regard profond. J'avais face à moi une très vieille femme aux cheveux blancs, au visage amaigri sillonné de rides. Elle était recroquevillée sous les draps. Quand elle nous entendit, elle tenta de se lever mais renonça bientôt, épuisée par l'effort. Elle me fixa de son regard délavé :

— Qui est-ce ?

— Pierre Leroy, notre voisin. Tu te souviens de lui, maman ?

— Pierre, celui qui allait avec toi au jardin d'enfants ? M. Dumollet ?

— Oui…

— Oh, Pierre ! Tu es revenu, ça fait plaisir… Comment va ta maman ?

— Bien, répondis-je, n'osant évoquer sa mort.

— J'espère que ton père ne l'a pas quittée pour une autre… Moi, j'ai été abandonnée, je suis seule maintenant… Les journées sont si longues… Ça sert à quoi de vivre comme ça ?

Inès m'entraîna sur le balcon de sa chambre, celui sur lequel toute ma vie j'avais rêvé d'être.

Une lumière flamboyante se déversait sur la ville, la mer bruissait sous le soleil, les martinets tournoyaient incessamment. Les collines couvertes d'arbres festonnaient l'horizon de vert profond. Comme avant. Au loin, les montagnes bleutées se dressaient lourdement dans une brume ténue, brillante. J'avais face à moi, presque inaltéré, le décor de mon enfance. Un mélange de tristesse et de bonheur m'étreignit. Je m'approchai d'Inès et sentis son bras contre le mien. J'aurais voulu l'embrasser mais ce n'était ni le lieu ni l'instant, la garde-malade de sa mère risquait de surgir à tout moment. Je me contentai du contact de sa peau sur la mienne, de sa chaleur brûlante.

J'aurais voulu retourner dans l'appartement d'en face, chez moi. Peut-être y aurais-je retrouvé quelques vestiges du passé, des marques dessinées à la craie sur le béton de la balustrade, un tableau, un bibelot oublié. Une trace, même infime, de mon passage sur la terre algérienne.

Malheureusement, les nouveaux propriétaires étaient absents. Ils avaient fui le terrorisme comme beaucoup, comme nous ils s'étaient tournés vers le nord.

Il faisait froid dans l'appartement. Inès alluma un chauffage à gaz dans la chambre qu'elle m'avait attribuée. Je me souvins des jours de grand froid où les montagnes se couvraient de neige. Ces jours-là, au saut du lit, mon souffle se condensait en un léger brouillard.

Je n'ai jamais eu si froid qu'en ce pays du sud. Transi, les soirs d'hiver, je me réfugiais dans mon lit glacé, soufflais sous les draps pour les réchauffer tandis que la pluie, la neige parfois, mouillait le carrelage du balcon. Dans l'immeuble dépourvu de chauffage central, quand la température chutait très bas, papa poussait vers ma chambre un mirus dont la flamme bleutée rougissait la grille de protection ; les roues voilées du chauffage hoquetaient sur les carreaux disjoints du couloir. Mon père ouvrait la porte sans frapper, abandonnant sur le seuil l'appareil, l'air s'adoucissait et je m'endormais lentement, hypnotisé par cette incandescence apaisante, dans un léger parfum de butane et de métal brûlé, en pensant à Inès qui grelottait peut-être dans la chambre voisine.

Mohand

Un voisin m'a téléphoné ce matin. Notre quartier a été attaqué par les Afghans[1], ils sont venus dans la nuit et ont massacré tout le monde. Les hommes, les femmes, les enfants. Ils ont défoncé la porte de chez moi et ont égorgé Zahra, ma femme. Pourquoi, *ya rabi*, pourquoi, mon Dieu ? On est de bons musulmans, on est pauvres, on n'a jamais fait de mal, on n'a pas volé. Je m'en veux de l'avoir laissée seule, j'aurais dû rentrer, mais comment faire ? Il était trop tard, le couvre-feu allait tomber. Heureusement, mes enfants sont à la cité universitaire, sinon ils seraient morts aussi.

Pourquoi elle ? C'était pas une intellectuelle, elle portait le hidjab, elle faisait la prière, elle ne s'était jamais disputée avec les voisines.

Pourquoi ?

J'ai envie de mourir et, si ce n'était pas *haram*, je me suiciderais. *Wallah*, je monte au dernier étage et je me jette du balcon. Je n'ai plus rien à faire sur cette terre, je ne peux pas vivre sans elle. Comment retour-

1. Islamistes algériens radicaux partis combattre les Soviétiques en Afghanistan, puis rentrés au pays.

ner chez moi, retrouver ses vêtements, je ne pourrai pas dormir dans notre lit, j'entendrai ses cris, je verrai son sang. Pourquoi on m'a donné une permanence cette nuit-là ?

Je me serais battu, je ne les aurais pas laissés faire, j'aurais pris le grand couteau et j'aurais frappé dans le tas. Moi aussi je sais égorger. Qu'est-ce que je vais devenir ?

Je suis vieux et seul, les enfants auront bientôt fini leurs études, ils n'ont plus besoin de moi. Les salopards m'ont enlevé ma seule raison de vivre. Je ne peux plus rester dans ce pays d'assassins, il faut que je parte, je m'en fous, je vais prendre le peu d'argent que j'ai et je vais partir, je vais acheter une place sur un bateau, *nwouli harraga,* je deviendrai un clandestin, j'irai en Espagne et après en France, j'ai des cousins là-bas, ils m'aideront. Dès que les quarante jours de deuil seront passés, je partirai à Oran et de là en Espagne.

D'habitude ce sont les jeunes qui s'en vont, le voyage est dur, on n'est pas sûr de réussir, les garde-côtes interceptent souvent les clandestins, parfois les bateaux coulent et on retrouve les corps des malheureux sur les plages. Mais moi, je me moque de mourir. Au contraire. Ce sera mieux qu'une lente agonie dans ce pays de dingues. J'avais tellement mis d'espoir dans l'Algérie, j'ai adhéré au FLN en 1960, à quatorze ans, je voulais monter au maquis mais ils m'ont dit non, tu as une position stratégique dans cet hôtel, informe-nous de tout. Qui fréquente qui ? Qui couche avec qui ? Qui a rendez-vous avec qui ?

J'ai obéi, et quand l'indépendance est venue on m'a oublié, je n'ai même pas eu droit à une attestation communale qui m'aurait permis d'obtenir quelques avantages.

Je n'avais pas combattu.

Demain j'appelle un ami à Oran.

Inès

Nous dînâmes dans la salle à manger. Autrefois, elle ne servait que dans les grandes occasions, c'est-à-dire rarement. La vie sociale de mes parents était limitée, ils recevaient de temps à autre des membres de la famille, quasiment jamais d'étrangers. Nous réservions la maison aux très proches. Les fauteuils du salon étaient recouverts de housses de tissu que maman ôtait quand nous avions de la visite.

Le décor de la pièce n'avait pas changé depuis les années soixante, à l'époque les rideaux à volants étaient du dernier chic. Mes sœurs avaient la passion des vieilleries, tous les meubles étaient de faux Louis XVI.

La baie s'étalait, scintillante, des lampes à sodium fardaient d'orange la route moutonnière. La nuit pansait les blessures, gommait les fissures, les paraboles et les fils qui enlaidissaient les façades. Quelques rares voitures circulaient à toute allure dans la ville, le bruit sourd des pneus sur le macadam montait jusqu'à nous. Le couvre-feu était proche.

Je ne sais pourquoi, les lumières tremblantes qui cernaient la flaque sombre du port m'évoquèrent Noël. Avant l'indépendance, mes parents dressaient pour mon petit frère un pin d'Alep qu'ils couvraient de guirlandes lumineuses et de boules de verre multicolores. À minuit, ils déposaient quelques cadeaux et, le lendemain, à peine levé, Karim se précipitait dans la salle à manger.

— Te souviens-tu des Noëls à Alger ? demandai-je à Pierre.

— Pourquoi penses-tu brusquement à ça ?

— Toutes les lumières de la ville… ta présence, les fondants que tu me donnais sur le balcon chaque 24 décembre… et ces chocolats enveloppés d'un papier explosif… quand nous tirions dessus, le pétard éclatait… Ça me paraît tellement loin… tellement surréaliste que dans une même vie puissent coexister des souvenirs si paisibles et l'horreur d'hier. Deux mondes se fracassent dans ma tête, je ne sais plus qui je suis… Les imams ont interdit Noël, pour eux c'est une fête païenne, impie.

— Nous ne fêtions pas Noël. Mon père était du même avis que tes imams. J'achetais en cachette des bonbons pour toi.

Il me raconta pourquoi Noël avait été banni chez lui.

Son père l'emmenait souvent au siège du Syndicat national des instituteurs, dans une ruelle obscure perpendiculaire à la rue d'Isly. Il l'installait dans un petit bureau et, pendant qu'il refaisait le monde avec ses collègues, Pierre lisait. À chaque réunion, ils dénonçaient l'abjection du pouvoir colonial qui refusait d'instruire les indigènes, le manque d'écoles, d'enseignants, de moyens. Il entendait leurs diatribes. Son père, athée comme la plupart de ses amis syndiqués, ne parlait jamais de religion. Un copain de classe avait prêté à Pierre une bande dessinée qui retraçait la vie de Jésus ; plongé dans sa lecture, il était sur les bords du lac de Tibériade quand des amis de son père le surprirent et s'esclaffèrent :

— Il a de bonnes lectures, le petit Leroy ! Belle éducation, bravo René !

Son père, honteux d'avoir été trahi, arracha le livre des mains de Pierre, le flanqua à la poubelle et interdit qu'à l'avenir on fête Noël.

Pierre

Inès s'absenta un instant et revint avec une enveloppe jaunie. Le nom de l'expéditeur, « Salle Pierre Bordes », y était inscrit en caractères d'imprimerie. C'était une salle où, enfants, nous assistions avec nos parents à des projections de documentaires. Nous recevions quelques jours auparavant de grands cartons d'invitation au papier odorant. Nous étions heureux, ces bristols annonçaient une sortie prochaine. Et, durant tout un après-midi, nous serions côte à côte.

Le carton avait perdu sa couleur blanche et son parfum de neuf. Il informait d'une rencontre dont le thème était : « Un trésor au Sahara ». Je me souvins d'un court métrage sur la découverte du pétrole en Algérie. Mes copains et moi étions tout excités par cette nouvelle, l'Algérie allait devenir riche et nous aussi !

L'heure avançait, nous parlions de notre enfance, du passé, de ses bonheurs simples, mais nous éludions le présent. J'interrompis nos divagations et dis :

— Je ne partirai pas demain.

— Tu ne peux pas rester, Pierre, les islamistes ne plaisantent pas. Si tu ne pars pas, ils t'abattront, et moi avec. Ils sont très informés, ils ont des espions partout et dans quelques jours ils t'auront retrouvé. La vie d'une musulmane qui héberge un étranger, chrétien de surcroît, ne vaut pas cher. J'aurais aimé que tu restes encore mais c'est impossible.

— On va nous séparer une deuxième fois ! Je ne veux plus te perdre. Si pour moi rester en Algérie est impossible, viens en France. Si tu ne le fais pas par amour pour moi, fais-le pour l'amour de Rachid.

Pensait-elle encore que nos retrouvailles étaient fortuites ?

Il m'avait choisi comme chirurgien en connaissance de cause, il savait absolument tout de notre liaison, quelqu'un lui avait raconté en détail l'épisode de l'Aletti en avril 1962.

J'abattis ma dernière carte :

— Avant l'opération, dans sa chambre, il m'a demandé de prendre soin de toi, il t'a confiée à moi. Je veux que tout recommence. S'il te plaît, viens à Paris, juste quelques jours, promets-le-moi.

Inès

Une aube incandescente embrasait le ciel, Alger étalait sa splendeur outragée, les lumières artificielles, pâlissant peu à peu jusqu'à s'éteindre, se mêlaient à celles du jour. Ainsi vont nos vies, scintillantes puis estompées par le cours du temps. La beauté de cette ville n'avait pas faibli, les offenses l'avaient rendue poignante, et au travers de ses façades ruinées on imaginait, magnifié, son éclat d'antan.

Pierre dormait encore. Dans quelques heures il serait ailleurs, un ailleurs où je n'avais pas encore ma place.

L'aurais-je seulement un jour ?

La veille, de retour à l'Aletti pour libérer nos chambres, le concierge m'avait tendu une enveloppe qui contenait une feuille de papier quadrillé, comme celui de nos cahiers d'enfance. Elle était griffonnée d'une écriture malhabile.

Mademoiselle Inès,

Je voulais m'excuser pour mon comportement d'hier soir, j'étais tellement surpris de vous retrouver tous les deux que j'ai voulu retourner dans le passé. Redevenir jeune. Bien sûr, il n'y a plus de liftier à l'Aletti, c'est un métier en voie de disparition, comme moi, mais j'avais envie de retrouver avec vous, l'espace d'un instant, cet événement important de votre vie. Parce que j'avais brusquement compris que ce que vous viviez, c'était vraiment de l'amour.

Jamais, en souvenir d'une petite aventure vieille de trente ans, un homme ne serait venu d'Europe à la rencontre d'une femme. Surtout en ce moment...

Je suis jaloux de votre amour, jamais je n'ai connu quelque chose comme ça, peut-être parce que nous ne sommes pas du même monde et que la pauvreté interdit les beaux sentiments.

Quand, il y a bien longtemps, votre mari m'a questionné sur vous, j'ai tout raconté. Je l'ai mis en garde, il était jeune et beau, il avait droit à une femme qui le méritait. Il vous aimait tellement qu'il ne m'a pas écouté. Il a eu raison, sans aucun doute.

Il y a peu de femmes qui, comme vous, suscitent un amour éternel.

Je vous demande pardon pour tout, et vous, pardonnez-moi aussi, je n'ai pas eu votre chance.

Que Dieu vous garde, mais surtout pas celui des assassins !

Mohand

Je demandai à le voir, on me répondit qu'il était parti la veille. Un grand malheur était arrivé, sa femme avait été victime de l'attentat islamiste dans la banlieue d'Alger. Cette nuit-là, il était resté dormir à l'hôtel et avait échappé au massacre. J'ignorais quand il avait écrit cette lettre. Avant ou après avoir appris le meurtre de son épouse ?

J'en fus bouleversée.

Pierre me rejoignit sur le balcon, un soleil ardent noyait les contrastes, nous étions dans un havre de lumière, la ville s'éveillait doucement et les premiers bruits montaient vers les collines. Un bateau quittait la rade, une fine traînée d'écume dans son sillage, les martinets fendaient le vide. Tout semblait si tranquille.

— Tu viendras ?

— Oui, répondis-je, quand je pourrai revivre…

À l'aéroport, avant de disparaître dans la foule des voyageurs, Pierre glissa dans ma main un bouton doré. Je le reconnus aussitôt, j'avais gravé dans mes souvenirs l'uniforme écarlate du groom de l'Aletti, ce lointain témoin d'un après-midi d'avril.

Pierre effleura d'un doigt la fleur de lys et chuchota en m'embrassant :

— Je n'ai jamais oublié le cadeau que tu m'as fait à l'Aletti.

Pierre

Inès ne voulut pas ternir les dernières heures passées ensemble, obscurcir le soleil qui noyait le balcon du Télemly. La ville était si belle dans l'aube naissante, les bonheurs anciens affluaient, ils effondraient les murs de ma rancœur. Inès était dans toutes mes pensées, comment avais-je pu vivre sans elle ?

La haine m'avait empêché de la rejoindre, il avait fallu trente ans et la volonté d'un homme éperdu d'amour pour m'en délivrer. Toutes ces années, je n'étais qu'un fantôme égaré par son chagrin. La braise sommeillait, aujourd'hui elle flambe et mon amour pour Inès, pour l'Algérie – la sienne et la mienne – rompt toutes les digues. J'ai le cœur au bord des yeux, ces yeux qui, trente années durant, ont refusé de pleurer. Et voilà qu'à la lecture de la lettre de Mohand, elles coulent, mes larmes.

— Tu la liras dans l'avion, avait dit Inès en la glissant dans ma poche, sa femme vient d'être assassinée.

Je pleure sur le destin de ce pays martyr, ravagé par une abomination qui se glorifie, au nom de Dieu, des morts, des destructions, de l'effroi ; je pleure sur ma jeunesse confisquée, sur le mal que j'ai pu faire ; je pleure sur Mohand, sur la détresse de cet homme foudroyé au terme de sa vie, ce personnage si humble et cependant si grand, pièce maîtresse de notre histoire. Sans lui, sans sa bienveillance et ses faiblesses, je n'aurais jamais retrouvé Inès et notre amour serait mort-né.

Je pleure sur sa vie crucifiée et notre amour ressuscité.

L'hôtesse de l'air s'inquiète :

— Ça va, monsieur ?

J'esquisse un sourire et hoche la tête.

Mais oui, ça va aller, le balancier de cette foutue Histoire va bientôt inverser son sens.

L'avion survole la baie d'Alger, sur la droite de l'appareil ma rue de Rivoli à moi déroule ses arcades blanches face à la Méditerranée, la Casbah se précipite sur la place du Gouvernement en mille coquilles d'œufs brisées et, derrière le La Fayette, on devine le Foyer universitaire algérois. J'imagine Inès au chevet de sa mère tentant de rassembler en vain le puzzle d'une mémoire à la dérive.

Par la grâce du groom facétieux de l'Aletti, nous poserons la dernière pièce du nôtre. Quoi qu'il advienne.

Alors que s'estompent les côtes algériennes, j'en fais le serment.

Inès

Quand il appela de Paris, je fus soulagée. Il était sauf. Il me raconta l'histoire du bouton doré et, avant de raccrocher, évoqua Rachid et Mohand :

— Nous ne devons pas les décevoir…

La nuit qui suivit son départ, allongée sur mon lit du Télemly, j'entendis maman dans la chambre voisine en grande discussion avec mon père, lui reprochant constamment de l'avoir quittée pour une autre… La douleur de l'abandon sans doute plus tolérable que celle de la mort.

La veille, en cherchant des médicaments, j'avais trouvé dans sa table de nuit une carte postale envoyée par mon père pendant la Seconde Guerre mondiale, de ces cartes roses et mièvres que l'on vendait dans les villes de garnison ; un militaire gominé y enlaçait une femme à la coiffure des années trente. Au verso, papa avait écrit :

Aux Armées, le lundi 3 juin 1940

Ma femme chérie,
Samedi prochain, 8 juin 1940, tu auras exactement seize ans.

Que cet anniversaire soit béni par un heureux sort !
Que notre bonheur soit plus tard réalisé, après la dure épreuve que nous traversons !
Que chaque année, le 8 juin, nous nous retrouvions en vie, réunis pour fêter tes dix-sept, dix-huit, dix-neuf ans… etc. Cette fois-ci, contentons-nous d'une simple mais ô combien puissante pensée.
Samedi, je songerai à tes seize ans, cet âge jeune, beau, que chantent tous les grands poètes.
J'aurais voulu t'offrir un cadeau, mais il n'y a rien ici. Je t'envoie 75 francs par mon père.
Tous mes vœux de bonheur et de longue vie.
Avec tout mon amour et mes plus ardents baisers,
Omar, ton mari pour toujours qui t'adore.

Comme ma mère, je n'avais connu qu'un seul amour. À soixante-douze ans, elle se battait encore pour le garder. Elle m'ouvrait la voie, c'était son legs.

J'entrai dans les draps froids de mon lit de jeune fille et m'endormis…

Nous étions sur une plage, Rachid et moi, enveloppés d'une lumière intemporelle, je lisais et, de temps à autre, regardais la mer qui, comme une dentelle, mourait en une écume délicate. Elle était étale et seul son lent ressac sur le sable tiède troublait la quiétude du tableau.
Rachid s'allongea près de moi et chuchota :
— J'aimerais que tu sois heureuse, Inès.
Son beau visage, son visage d'avant, était implorant.
— Mais… je le suis, tu me rends très heureuse.

— Non, pas encore…

Il était si lumineux, une chaleur tendre émanait de son corps, elle se glissait dans mon lit glacé.

— Pas encore, Inès, tu dois rejoindre l'amour qui t'a manqué toutes ces années. Tu dois revivre et retrouver ce qu'à seize ans tu as perdu. Promets-le-moi, je t'en prie.

Je fixai ses yeux d'un vert si profond, ces yeux qui m'avaient aimée plus que tout, et promis.

Je m'éveillai, j'avais encore en moi la magie de cette escapade onirique. Ma mère discourait toujours, embourbée dans une vie de substitution. Peu à peu la tristesse me gagna, la douceur se mua en douleur et, si j'avais pu, j'aurais comme maman rejoint Rachid dans un monde parallèle.

Je me levai et, pieds nus, gagnai le balcon. Le carrelage gelé arquait la plante de mes pieds. L'aube naissait, les multiples voix des muezzins s'élevaient vers le ciel, l'horizon teinté de mauve découpait les montagnes de l'Atlas et, au loin, le Djurdjura encore drapé de neige se dressait, immuable. Alger, affalée sur ses brocarts comme une vieille courtisane fanée, brillait des derniers feux de la nuit.

Je retournai à mon lit et me rendormis très vite.

Rachid revint aussitôt. Nous étions à la gare centrale d'Alger, près du port. Il glissa dans ma main un billet Alger-Brest et me conduisit au train, de ces trains des années quarante qui toussaient une fumée blanche aux volutes joufflues comme des cumulo-nimbus. Je m'installai dans un compartiment tendu de cuir sombre, à l'image des fauteuils de l'Aletti. Rachid, sur le quai, agita la main, un long sifflement déchira la baie et la locomotive gavée de soleil, cernée de Méditerranée, fonça vers le nord…

Des mêmes auteurs :

Le Syndrome de Lazare, éditions du Rocher, 2006
La Douleur du fantôme, éditions Phébus, 2010
Alger sans Mozart, éditions Naïve, 2012
Siamoises, éditions Naïve, 2013
Villa Taylor, éditions Anne Carrière, 2017
Bien portant avec la médecine du Prophète, Lattès, 2019

PAPIER À BASE DE FIBRES CERTIFIÉES

Le Livre de Poche s'engage pour l'environnement en réduisant l'empreinte carbone de ses livres. Celle de cet exemplaire est de :
170 g éq. CO_2
Rendez-vous sur
www.livredepoche-durable.fr

Composition réalisée par NORD COMPO

Achevé d'imprimer en France par
CPI BRODARD & TAUPIN (72200 La Flèchc)
en octobre 2022
N° d'impression : 3049717
Dépôt légal 1re publication : novembre 2022
LIBRAIRIE GÉNÉRALE FRANÇAISE
21, rue du Montparnasse – 75298 Paris Cedex 06

66/0470/2